Ulrich Völkel

Das ferne Grab

Novelle

Mit dem Gedichtzyklus
„schöne kindheit gewesen“

[illegible]

[illegible], 18. Jan. 2017

Meine Mutter, wenige Wochen vor ihrem 99. Geburtstag.

Ulrich Völkel

Das ferne Grab

Novelle

Mit dem Gedichtzyklus
„schöne kindheit gewesen“

ECKHAUS GESCHICHTE

70 Jahre nach dem Zweiten Weltkrieg

… sind die Wunden, die er geschlagen hat, zwar vernarbt, aber viele schmerzen noch. Fragen nach Schuld und Vergeltung, nach dem Verhältnis zwischen der heutigen Generation und den Feinden von damals bedürfen immer neuer Beantwortung. Vorurteile, Angst und Misstrauen erweisen sich als langlebig. All dies betrifft in besonderem Maße den Krieg Deutschlands gegen die ehemalige Sowjetunion und das Verhältnis der Deutschen zu den Russen. Dieser aktuellen Problematik wendet sich Ulrich Völkel in seiner Novelle „Das ferne Grab" zu.

Elisabeth Thal, 82, genannt Li, fliegt mit einer Gruppe deutscher Frauen nach Wolgograd. Es sind ehemalige Kriegerwitwen, deren Männer in der Schlacht von Stalingrad ums Leben kamen. Auf dem deutschen Soldatenfriedhof wollen sie einen späten Abschied nehmen.

Die Novelle ergreift den Leser durch die leise, unaufdringliche Art, in der Ulrich Völkel vom Leben seiner Protagonistin erzählt. Während des Fluges erinnert sich Li an die kurze Ehe mit ihrem Mann Robert, an die von zunehmender Angst erfüllte Zeit des Wartens auf den nächsten Brief von der Front, an die schweren Nachkriegsjahre mit ihren drei Kindern und an ihr Leben in der DDR.

Die Erzählung besticht durch die Authentizität, mit der die geistige Physiognomie dieser einfachen, aber lebensklugen Frau nachgezeichnet wird. Erzählende Passagen wechseln sich immer wieder mit erhalten gebliebenen Briefen ab. So öffnet sich dem Leser ein vielfältiger Einblick in die Gedankenwelt der Elisabeth Thal und ihres Mannes.

Am Anfang der Erzählung erinnert sich Li an einen Lehrer ihres Sohnes. Er hatte den Kindern erklärt, die deutschen Soldaten hätten „sich mitschuldig gemacht am größten Verbrechen der Menschheit". Sie hatte dagegen gesetzt: „Euer Vater war ein sehr guter Mensch ... Papa hat euch geliebt." An die Stelle dieser einander ausschließenden Urteile tritt im Verlauf der Erzählung allmählich ein viel differenzierteres Bild von jenem deutschen Soldaten Robert Thal, der ein liebender Vater, aber eben auch ein williger Vollstrecker nationalsozialistischer Eroberungspolitik war.

In jüngster Zeit hat eine Reihe deutscher Autoren – von Günter Grass bis Christoph Hein – sich erneut dem Thema des Zweiten Weltkrieges zugewandt. Jahrzehnte nach dessen Ende stehen im Mittelpunkt ihrer Werke die Leiden, die der Krieg auch dem deutschen Volk brachte. Auch das Schicksal von Elisabeth Thal zeugt davon. Der Autor beschränkt sich jedoch nicht darauf. An einigen Nebengestalten – so der des Reiseleiters und einiger Frauen aus der Gruppe – macht er mit wenigen, aber klaren Strichen sichtbar, wie unterschiedlich auch heute noch in Deutschland mit der Vergangenheit umgegangen wird. Zugleich wird dabei die verschiedene Denkweise von Ost- und Westdeutschen sichtbar, ohne dass der Autor darüber vorschnelle Urteile fällt. Dass der Krieg Leid über Deutsche wie Russen brachte, wird am Ende sehr eindrucksvoll in dem Bericht der russischen Lehrerin Irina über ihre Großmutter geschildert. Und es ist sehr schön und von großer Symbolkraft, dass Irina Li schließlich zum deutschen Soldatenfriedhof fährt, damit sie dort allein und in Ruhe letzten Abschied nehmen kann, während Irina auf den benachbarten russischen Soldatenfriedhof geht. Das Gedenken an die Toten verbindet die Lebenden.

Dr. Eberhard Günther

IM AUGUST 2014

Es sind die Briefe meiner Eltern

... die sie einander im Kriegsjahr 1942 geschrieben haben – die meiner Mutter „ins Feld“, die meines Vaters von der Front. Die Briefe meiner Mutter, die letzten noch bis in die erste Hälfte des Jahres 1943 als Feldpost verschickt, wurden immer verzweifelter, hilfloser. Sie ahnte, dass es die Briefe an einen Toten waren, aber die offizielle Bestätigung, *„daß Ihr Gatte am 7.12.1942 etwa 3 km nordwestlich Mal Rossoschka gefallen ist. Bei Abwehr überlegener Feindkräfte in vorderster Linie kämpfend ... “* erhielt sie erst ein halbes Jahr später. Geglaubt hat sie es nie wirklich. Gehofft hat sie bis zum Schluss, dass er vielleicht doch zurückkommt. Man hörte es ja immer wieder, dass einer, der längst für tot erklärt worden war, plötzlich aus der Gefangenschaft heimkehrte und vor der Tür stand, draußen vor der Tür, um mit Wolfgang Borchert zu sprechen.

Sie hatte nie an seinem Grab stehen können, sie hatte nie wirklich Abschied nehmen können. Es blieb die Hoffnung, die zwar immer kleiner wurde, aber nahezu siebzig Jahre in ihr glimmte als eine nie erlöschende Flamme. Meine Mutter starb wenige Wochen vor ihrem 99. Geburtstag.

Auf ihre Bitte um finanzielle Unterstützung für ihre Söhne – vier, zwei und ein halbes Jahr alt – wurde ihr mitgeteilt, dass sie Anspruch auf zehn Reichsmark habe, wenn sie sich für ihre Söhne verpflichte, dass die eines Tages Berufssoldaten oder Wehrmachtsbeamte werden. Da unterließ sie es.

Bei einem der letzten Bombenangriffe auf Plauen wurde das Haus, in dem wir wohnten, von Brandbomben getroffen und völlig zerstört. Wir hatten Schutz gesucht im nahen Luftschutzkeller. Im Vorraum hing ein Bild von Adolf Hitler. Mutter hat uns stets beschwichtigt mit dem Satz: „Der Führer passt auf uns auf. Uns geschieht nichts." Das haben wir geglaubt.

Noch heute, siebzig Jahre später, rieche ich die von Betonstaub durchsetzte Luft, wenn eine Sirene heult. Das wird man nicht los. Und noch heute sehe ich die brennende Stadt, aus der wir geflüchtet sind zu Verwandten aufs Dorf. Großvater und Mutter zogen einen Tafelwagen mit den wenigen Habseligkeiten, die noch gerettet werden konnten. Obenauf saß unser jüngster Bruder, wir beiden Älteren hielten uns am Wagen fest. Ich weiß nicht einmal, ob ich Angst empfunden habe – so viel Angst hatte ich.

Unter den wenigen geretteten Habseligkeiten befanden sich die Briefe meiner Eltern, die Mutter stets in einer kleinen Mappe mit sich trug, wenn wir in den Luftschutzkeller flüchteten. Sie waren ihr von einem befreundeten Kameraden meines Vaters übergeben worden. Aber er hatte sie dringend um Verschwiegenheit gebeten. Es hätte böse Folgen für ihn gehabt, wenn herausgekommen wäre, dass er diese Briefe an sich gebracht und der Witwe seines gefallenen Kameraden übergeben hat.

Wir, die Söhne, wussten von diesen Briefen nichts. Erst etwa vierzig Jahre nach dem Krieg hat Mutter sie uns gegeben. Erschütternde Briefe, die zu lesen uns sehr schwerfiel.

Die größten Probleme hatte ich mit den Briefen meines Vaters. Ich verstand nicht, wie er schreiben konnte: *„Anläßlich einer längeren Reise ... "* Ich wusste, dass er sich freiwillig an die Front gemeldet hatte, weil er für Führer, Volk und Vaterland die Bolschewisten ausrotten wollte. Es dauerte seine Zeit, bis ich mir vergegenwärtigen konnte, wie ein junger Familienvater diesen aberwitzigen Verbrechern glauben konnte. Es gehörten zeitgeschichtliches Wissen dazu und die Erzählungen unserer Mutter. Geboren vor dem Ersten Weltkrieg, im Elend der Nachkriegsjahre erwachsen geworden, hatten sie nur eine Hoffnung: Unseren Kindern soll es einmal besser gehen. Also meldete sich der arbeitslose kaufmännische Angestellte auf

Meine Mutter mit ihren drei Söhnen im Jahr 2002.

zwölf Dienstjahre zum Heer. Von der danach auszuzahlenden Abfindung wollten sie sich eine Farm in Afrika kaufen. Das war ihr Ziel.

Ich weiß nicht, ob mein Vater in den Schützengräben und Schlammlöchern, auf den strapaziösen Märschen und unter Dauerbeschuss russischer Katjuschas begriffen hat, auf welch verdammte Lüge er hereingefallen war. Seine Briefe klangen jedenfalls immer kleinlauter. Ständig in der Gefahr, von einer feindlichen Granate oder der Kugel eines Partisanen getroffen zu werden, verengten sich seine Blicke immer mehr. Sein Bewusstsein schaltete vermutlich alles aus, was ihn hätte ablenken können. Es ging ums nackte Überleben. Und um ein paar Kekse oder etwas Tabak aus der Heimat. Duck dich tief in den Graben! Den Kameraden nebenan hat es gerade erwischt. Da bleibt nicht viel übrig von dem, was man früher war. Da interessiert man sich nur noch für den Augenblick. Bloß wieder heil rauskommen aus diesem Schlamassel! Es ist mir sehr schwergefallen, seine Briefe zu lesen. Zunächst, weil ich seine Euphorie nicht begreifen konnte, und dann, weil ich sein Elend nicht ertragen mochte. Ich habe keine anderen Erinnerungen an meinen Vater. Er zog in den Krieg, als ich noch nicht einmal zwei Jahre alt war. Ich hätte gern einen Vater gehabt.

Die Briefe meiner Mutter zwangen mich oft, innezuhalten und nachzudenken. Mit viel Innigkeit erzählt sie ihrem Liebsten im Feld von daheim. Meistens geht es um die Kinder, die sie rund um die Uhr beschäftigten und an die sie sich hielt, um nicht zu verzweifeln. Sie klagt wenig. Eher berichtet sie, wie sie die Schwierigkeiten des Alltags meistert und was die Buben – ihr dritter Sohn, den der Vater nie gesehen hat, war im September 1942 geboren worden – an Streichen und Fröhlichkeiten veranstalteten: zum Beispiel Waschpulver ins schwer aufzutreibende Kuchenmehl zu kippen oder zu behaupten, Papa sei dagewesen, musste aber noch einmal weg. Fast gleichzeitig erkrankten die Söhne an Keuchhusten. Nur der Militärarzt durfte sie behandeln. Aber es fehlte an Medikamenten und Instrumenten. Die Rennerei nach etwas Spielzeug für Weihnachten. Und die wachsende Angst, weil keine Post mehr kam aus dem Feld.

Noch heute, wenn ich mir vor allem die letzten Briefe meiner Mutter durchlese, erfasst mich Verzweiflung und eine ungeheure Wut auf die, die ein ganzes Volk, die ganze Völkerschaften ins Verderben trieben. Und angesichts der Blödigkeit von Leuten, die arisch-teutsche Ideale wieder aufleben lassen wollen, verschlägt es mir manchmal die Sprache, weil es immer wieder welche gibt, die diesen Rattenfängern hinterherlaufen. Haben die denn gar nichts begriffen?

Meine Mutter war eine wunderbare Frau. Klug, tapfer, selbstlos und fleißig hat sie es geschafft, ihre Kinder über die schweren Jahre des Krieges, über die Nachkriegszeit und die Unwägbarkeiten des neuen Staates zu anständigen Leuten zu erziehen. Dabei waren der Verlust des Ehemannes und die Zerstörung des Wohnhauses nicht alles, was sie ertragen musste und ertragen hat. Ihre Mutter starb 1943 an Krebs. Ihre älteste Schwester kam 1945 im Bombenhagel ums Leben. Ihr ältester Bruder wurde 1946 verhaftet und nach Bautzen verbracht, wo er unter unbekannten Umständen ums Leben kam.

Ihr Vater hatte keine Kraft mehr und starb 1947. Ihre beiden verbliebenen Schwestern, die ältere und die jüngere, und ihr jüngerer Bruder gingen vor ihr. Als ihr jüngster Sohn 2006 starb, fürchteten wir, dass ihre Kraft nicht mehr ausreichen würde. Sie hielt stand. Sie war nie verbittert. Sie hatte stets und für jeden ein gutes Wort bereit. Sie konnte zuhören. Sie wurde von allen geliebt. Wir hatten gehofft, den 100. Geburtstag mit ihr feiern zu können.

Zu DDR-Zeiten wagte sie es nicht, ein Bild ihres Mannes, unseres Vaters, aufzustellen, auf dem er in seiner Uniform als Angehöriger der Wehrmacht zu sehen war. Zivile Bilder von ihm besaß sie nicht. Da hat ihr ein findiger Fotograf eine Montage angefertigt, indem er den Kopf ausgeschnitten und auf einen zivil gekleideten, allerdings fremden Körper setzte. Sie hat auch nie gewagt, nach der Stelle zu fragen, wo ihr Mann begraben liegen könnte. Sie wusste ja nicht einmal, ob und wo er begraben worden war. Sie hätte zu gern an dieser Stelle gestanden, wenn es sie denn gab, und eine Blume auf sein Grab gelegt. Aber wie hätte das geschehen können?

Erst nach dem Ende der DDR brachte sie den Mut auf, bei einer Organisation nachzufragen, die sich um deutsche Soldatenfriedhöfe in Russland kümmert. Es war ihr eine große Genugtuung zu erfahren, dass es bei Wolgograd, dem vormaligen Stalingrad, einen Friedhof für die vielen tausend gefallenen Soldaten gibt. Nun wusste sie, wo er seine letzte Ruhe gefunden hat. Auf einem Foto der unendlich langen Steinmauer, das ihr zugeschickt wurde, fand sie seinen Namen.

Sie hatte die Kraft nicht mehr, eine Reise nach Wolgograd zu unternehmen. Ich habe diese Reise für sie in meinen Gedanken gemacht. Von der Novelle habe ich ihr nie erzählt. Ich wollte sie nicht beunruhigen, ich wollte sie nicht unnötig aufregen. Ich wollte, dass sie Ruhe findet und ihren Frieden mit der Vergangenheit macht. Sie ist, auf den Tag genau, 70 Jahre nach dem Tod ihres Mannes, unseres Vaters, in Weimar verstorben.

Über ein Jahr nach ihrem Tod habe ich gewartet. Wenn ich das Manuskript jetzt freigebe zur Veröffentlichung, will ich meiner

Mutter Dank sagen für ihre Liebe. Und ich will, dass die, die dieses Buch lesen, mit mir eins sind, alle Kräfte gegen Krieg und Kriegsgeschrei zu sammeln, um ein freies, glückliches Leben führen zu können – hier wie anderswo, dass wir nicht am Hindukusch und nicht die von dort am Brandenburger Tor die Freiheit verteidigen müssen, sondern jeder dort, wo er zuhause ist. Ich will nicht, dass irgendwer in der Welt solche Briefe lesen muss wie die, die sich meine Eltern geschrieben haben.

Frieden ist die Gesundheit der Welt. Noch kränkelt die Menschheit sehr.

Ulrich Völkel

WEIMAR, IM FRÜHJAHR 2014

Das ferne Grab

Novelle

Für meine Mutter
Für meinen Vater
Für meine Brüder

FRANZ
JOHANNES
ERNST

I

Jetzt sitzt sie im Bus. Der wird sie zum Flugplatz bringen. Die Maschine startet in zwei Stunden. Ankunft in Wolgograd: 14.30 Uhr Ortszeit. Dann ist es hier, rechnet sie zurück, eine halbe Stunde nach Mittag.

Wolgograd. An diesen Namen muss sie sich erst gewöhnen. Stalingrad hieß die Stadt. Es ist lange her, dass sie den Namen der fremden Stadt zum ersten Mal gehört hat, fast sechzig Jahre. Damals war sie gerade 25 geworden, als Robert, ihr Mann, ins Feld ging. Ins Feld – als zöge ein Bauer hinaus, um die Ernte einzubringen. Stalingrad. In der Nähe dieser Stadt ist er gefallen, lautete die amtliche Mitteilung, die sie erst sieben Monate später erhielt. Gefallen. Auch so ein verlogenes Wort, als ob er gestolpert und hingefallen wäre. Sein Kamerad, der sie nach dem Krieg besucht hat, hatte gesagt, dass es ein Kopfschuss gewesen sei. Robert habe nicht gelitten, sagte der Kamerad. Es seien sehr viele gefallen, besonders an diesem Tag. Unweit von Stalingrad, das seit einiger Zeit Wolgograd heißt.

Die Nervosität der letzten Wochen hat sich gelegt. Das erstaunt sie. Müsste sie nicht von Stunde zu Stunde aufgeregter sein, reist sie doch in dieses fremde Land, in diese fremde Stadt, in deren Nähe der große Soldatenfriedhof angelegt worden ist? Fast ein Leben lang ist das alles her. Und immer war noch die geradezu unsinnige Hoffnung, dass Robert vielleicht doch nicht gefallen sei; verwundet womöglich und in irgendeinem russischen Dorf gesund gepflegt worden von einer Frau, deren Mann Soldat gewesen war auf der

Juni 1938: Meine Eltern auf dem Weg zum Standesamt in Plauen.

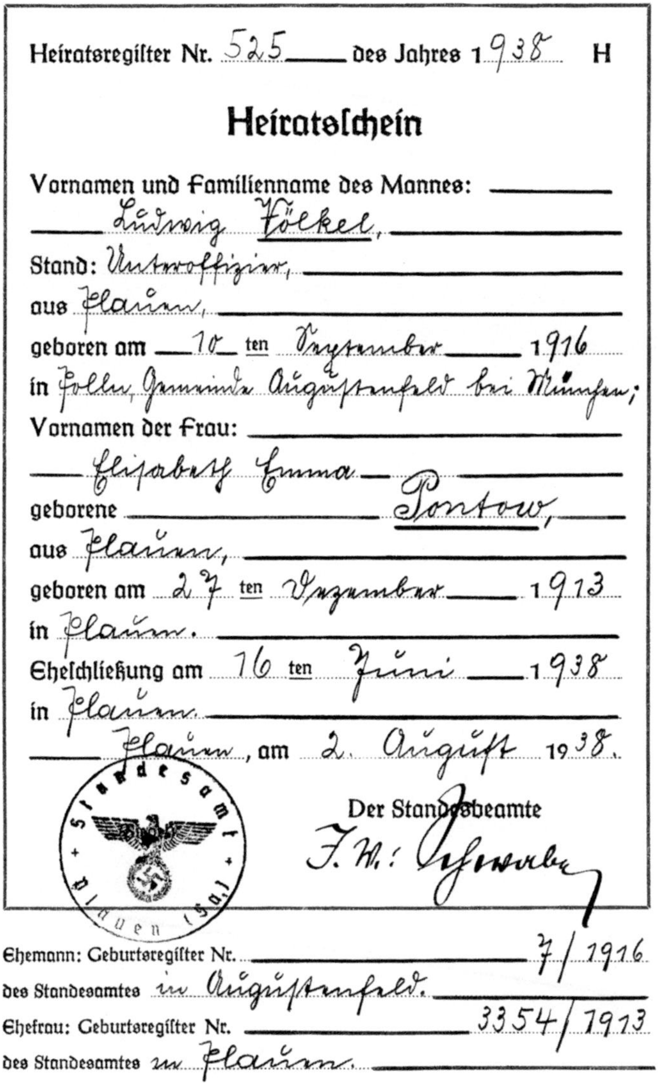

Heiratsregister Nr. 525 des Jahres 1938 H

Heiratsschein

Vornamen und Familienname des Mannes:

Ludwig Völkel,

Stand: Unteroffizier,

aus Plauen,

geboren am 10ten Dezember 1916

in Folln, Gemeinde Augustenfeld bei München;

Vornamen der Frau:

Elisabeth Emma

geborene Pontow,

aus Plauen,

geboren am 27ten Dezember 1913

in Plauen.

Eheschließung am 16ten Juni 1938

in Plauen.

Plauen, am 2. August 1938.

Der Standesbeamte

I. V.: Schwalbe

Standesamt Plauen (Sa.)

Ehemann: Geburtsregister Nr. 7/1916

des Standesamtes in Augustenfeld.

Ehefrau: Geburtsregister Nr. 3354/1913

des Standesamtes in Plauen.

Der Heiratsschein meiner Eltern Ludwig (genannt Robert) Völkel und Elisabeth, geborene Pontow, vom 16. Juni 1938 in Plauen.

6. APRIL 1942

Meine liebe Li!

Während Du die Klöße für den 2. Osterfeiertag vorbereitest, schreibe ich Dir anläßlich eines längeren Aufenthaltes in Rußland.

Gestern vormittag 10.00 Uhr haben wir die alte russische Grenze passiert und das Bild, das sich einem hier bietet, ist beinahe ein trostloseres, als wir es bereits in Polen vorgefunden haben. Wo man hinsieht, sieht man nichts als Dreck und bitterste Armut. Das ist also das „Paradies der Arbeiter". Na, ich danke schön! Bezeichnend war, daß der Grenzort einen einigermaßen anständigen Eindruck machte, aber wenige Kilometer dahinter kam schon das wahre Bild.

Zerschossene Panzer und Gebäude haben wir schon massenweise gesehen, wie überhaupt die ganze Strecke die Spuren des Krieges erkennen läßt.

Von mir gibt es nicht viel zu erzählen. Ich bin immer noch gesund und in alter Frische. Was mir fehlt, bist nur Du und sind unsere Kinder, aber ich denke, auch das wird wieder kommen, denn ich bin voller Hoffnung, daß der Krieg in Rußland keine Ewigkeit mehr dauern wird, wie überhaupt doch alles mal ein Ende haben muß.

Nun will ich schließen in der Hoffnung, daß der Krieg mich nicht allzu lange von Euch fernhält.

In diesem Sinne tausend Grüße und Küsse von

Eurem Papa.

Mein liebe Li,

Während Du die Klöße für d
feiertag vorbereitest, schreib
plich eines längeren Aufenth
land.
Gestern vormittag 10⁰⁰ haben
russ. Grenze passiert un
, das sich einem hier biet
nahe ein trostloseres, als w
its in Polen vorgefunden
man hinsieht, sieht m
Dreck und bitterste Arm
also das "Paradies der A

anderen Seite der Front. Man hatte solche Geschichten schon gehört: Schwer verwundeter deutscher Soldat wachte nach langer Zeit aus seiner Bewusstlosigkeit auf und hatte alles vergessen. Und ist in diesem Dorf geblieben, erinnerungslos, ein Russe geworden. Das soll es wirklich gegeben haben.

Sie hat nie sein Grab gesehen. Gegen alle Vernunft waren die Zweifel an seinem Tod geblieben. Darüber ist sie eine alte Frau geworden. Ihre Söhne hatten von der Reise abgeraten. Sie mache sich keine Vorstellungen von den Strapazen, die sie auf sich nähme. Lange hatte sie auf ihre Kinder gehört. Aber seit diesem Schwächeanfall vor einem halben Jahr wusste sie, dass sie nicht mehr viel Zeit hat. Und da sagte sie: Ich werde fahren.

Die Söhne hatten ihr bei der Vorbereitung geholfen. Wenn sie etwas so entschieden sagte wie dieses: „Ich werde fahren“ –, dann wussten sie, wie wenig Sinn es hatte, ihr das Vorhaben ausreden zu wollen. Der Älteste, Karl, hatte ihr angeboten, sie zu begleiten. Er hätte die Zeit. Aber sie lehnte ab. Nein, danke, das muss ich allein tun.

Der Bus nähert sich dem Flugplatz. Man kann schon den Tower sehen und die große Halle. Sie fliegt nicht das erste Mal. Sie weiß, dass sie keine Beschwerden haben wird. Die Ruhe, die sie empfindet, erheitert sie fast.

In der Tasche, die auf ihrem Schoß liegt, befinden sich die Briefe, seine und ihre. Immer bei Fliegeralarm, wenn sie mit ihren Kindern in den Luftschutzkeller flüchtete, hatte sie in einer Tasche mehrere Fotos und die wichtigsten Papiere bei sich, darunter seine Briefe. Und die ihren, die als unzustellbar zurückgekommen waren. Über all die Jahre nach dem Krieg hat sie sie in einem Schubfach unter der Wäsche aufbewahrt, als wäre es etwas Verbotenes. Li wollte auch nicht, dass die sie Kinder lesen. Später, wenn sie erwachsen sind. Wenn sie sie lesen wollen. Das Haus war von Bomben getroffen worden wie viele an diesem Tag. Sie hatte alles verloren, bis auf ein paar Kleinigkeiten, die im Keller gelegen hatten. Aber die Kinder sind ihr geblieben, zwei Fotoalben. Und diese Briefe.

II

Die Gruppe sammelt sich in der großen Halle. Ein Mann hält ein Schild hoch, auf dem man lesen kann: Kriegsgräber Wolgograd. Es ist eine kleine Gruppe. Li geht zu dem Mann mit dem Schild, von dem sie annimmt, dass er der Reiseleiter ist. „Guten Tag", sagt sie. „Mein Name ist Thal. Ich müsste auf Ihrer Liste stehen."

„Frau Thal, guten Tag. Natürlich!" Er fährt mit dem Finger die Namensliste entlang. „Hier stehen Sie. Jetzt sind wir komplett!", sagt er an alle gewandt.

Es ist ihr peinlich, dass sie die Letzte ist. Aber es verunsichert sie nicht. Auch das ist anders als früher. Li war es stets unangenehm, wenn sie die Aufmerksamkeit anderer erregte. Sie denkt nur: Dann ist es ja gut, wenn jetzt alle da sind.

Sie sieht sich um, wer zur Gruppe gehört: Frauen ihres Alters, Kriegerwitwen. Nur der Reiseleiter ist etwas jünger. Und ein ganz junger Mann steht bei einer Frau, vermutlich der Enkel, der seine Großmutter zum Flugplatz gebracht hat.

Der Reiseleiter stellt Li vor: „Das ist Frau Thal. Ihr Mann war Feldwebel im Grenadier-Regiment fünf-drei-vier, vierte Kompanie. Gefallen Dezember 1942 bei Rossoschka."

Sie nickt den anderen zu. Es gefällt ihr nicht, wie sie vorgestellt wird. Der Name hätte genügt.

„Die Herrschaften – na, eigentlich eher Damenschhaften – werden sich miteinander bekannt machen, wenn wir im Warteraum sind, schlage ich vor. Wir sollten jetzt zum Schalter gehen. Achten Sie auf Ihr Gepäck! Bitte, folgen Sie mir."

DRESDEN, 17. JUNI 43

Sehr verehrte Frau Völkel!

Ich habe die traurige Pflicht, Ihnen bestätigen zu müssen, dass Ihr Gatte, Feldwebel Robert Völkel, Feldtruppenteil 4./Gren.Rgt 534, am 7.12.42 etwa 3 km nordwestlich Mal Rossoschka gefallen ist. Bei Abwehr überlegener Feindkräfte erhielt Ihr Gatte, als Zugführer in vorderster Linie kämpfend, einen Kopfschuss und war sofort tot.

Durch seine Tapferkeit und Einsatzbereitschaft, seine Hilfsbereitschaft und unermüdliche Fürsorge ist er Vorgesetzten, Kameraden und Untergebenen besonders ans Herz gewachsen. Seine Tapferkeit wurde durch die Verleihung des E.K.II *am 4.12.42 besonders gewürdigt.*

Schwer ist der Verlust, den das Vaterland von Ihnen und Ihren Kindern gefordert hat. Möge jedoch die feste Gewissheit, dass Ihr Gatte in heldenhaftem Kampf für Führer und Volk sein Leben eingesetzt und hingegeben hat, Ihnen Trost in schwerem Leide sein. Sein Charakter und seine Leistung werden ihm für alle Zeiten ein ehrendes Gedenken sichern.

Ich grüße Sie in tiefem Mitgefühl.

gez Unterschrift
Oberleutnant

<u>A b s c h r i f t</u>

Wehrkreiskommando IV
Arbeitsstab Stalingrad
Referat If

Dresden-A.1, 17.6.43

Sehr verehrte Frau Völkel !

Ich habe die traurige Pflicht, Ihnen bestätigen zu müssen, dass Ihr Gatte, der Feldwebel Robert Völkel, geb. 16.3.16, Feldtruppenteil 4./Gren.Rgt. 534, am 7.12.42 etwa 3 km nordwestlich Tal Rossoschka an der Kolchose gefallen ist.

Bei Abwehr überlegener Feindkräfte erhielt Ihr Gatte, als Zugführer in vorderster Linie kämpfend, einen Kopfschuss und war sofort tot. Durch seine Tapferkeit und Einsatzbereitschaft, seine Hilfsbereitschaft und unermüdliche Fürsorge ist er Vorgesetzten, Kameraden und Untergebenen besonders ans Herz gewachsen. Seine Tapferkeit wurde durch die Verleihung des E.K.II am 4.12.42 besonders gewürdigt.

Schwer ist der Verlust, den das Vaterland von Ihnen und Ihren Kindern gefordert hat. Möge jedoch die feste Gewissheit, dass Ihr Gatte in heldenhaftem Kampf für Führer und Volk sein Leben eingesetzt und hingegeben hat, Ihnen Trost in schwerem Leide sein. Sein Charakter und seine Leistung werden ihm für alle Zeiten ein ehrendes Andenken sichern.

Ich grüsse Sie in tiefem Mitgefühl.

gez. Unterschrift

Oberleutnant

Für die Richtigkeit
der Abschrift

Plauen, den 21.6.43

Wehrmachtfürsorgeoffizier Plauen

Oberleutnant

Li amüsiert sich über die Art, wie sie der Reiseleiter behandelt. Sind wir im Kindergarten oder im Altersheim? Aber vielleicht, denkt sie auch versöhnlich, will er nur ein bisschen nett sein und den noch steifen Umgang auflockern.

Li, die fast ihr ganzes Leben auf sich allein gestellt verbracht hat, lässt sich nicht gern sagen, was sie zu tun und zu lassen hat. Sie ist das nicht gewohnt. Aber eigentlich ärgert sie sich nicht über den Reiseleiter. Was sie jedoch erstaunt: Der junge Mann bleibt in der Gruppe der Abzufertigenden. Kommt er mit?

Ehe sie sich's versieht, hat sie die Kontrolle passiert. Ging das früher auch so schnell? Eine Frau spricht sie an. „Kommen Sie zufällig aus Plauen, Frau Thal? Ich heiße Bergheim, Ilse Bergheim. Mein Mann war auch in der vierten Kompanie. Ist schon komisch, nicht?"

Sie nickt, wenn sie auch nicht weiß, was daran komisch sein soll. Aber irgendwie hat sie jetzt das Gefühl, jemand Bekanntes in der Gruppe zu wissen. „Ja. Die Welt ist wirklich klein." Eine Floskel. „Ist Ihr Mann auch bei Rossoschka ...?"

„Ja", sagt die Frau. „Bei Rossoschka, im Dezember 1942. Wie Ihrer. Vielleicht haben sich unsere Männer sogar gekannt."

„Es war eine böse Zeit", sagt sie scheinbar ohne Zusammenhang. Und da sie denkt, Frau Bergheim wisse bereits mehr als sie über die Reisegruppe nach Wolgograd, fragt sie: „Der junge Mann dort drüben, kommt der auch mit?"

„Ist das nicht rührend? Er begleitet seine Großmutter. Das ist die Frau Grüber. Ich glaube, sie hat ein Nervenleiden. Sehen Sie, wie ihr Mund manchmal zuckt? Und die Frau hinter ihr, das ist Frau Hauptmann Sternhausen aus München."

„Hauptmann?"

„Ihr Mann war Hauptmann. Sagt Ihnen der Name noch etwas? Hauptmann Sternhausen."

„Nein. Nicht dass ich wüsste." Sie wird rot, weil sie nicht weiß, warum sie die Unwahrheit sagt. Sternhausen war Roberts Kompaniechef. Er hatte ihr damals geschrieben.

III

Der Reiseleiter hat seine „Schäfchen", wie er sie nennt, in der linken Ecke versammelt. Von hier aus kann man aufs Rollfeld blicken.

„Mein Gott, bin ich aufgeregt!", sagt Frau Bergheim. „Geht es Ihnen auch so?"

Li nickt, um der Frau einen Gefallen zu tun. Wie dumm, sie zu belügen, denkt sie. Aber sie hat nie gelernt, über die Ereignisse von damals zu reden. Mit wem hätte sie auch sprechen können? Die Kinder waren zu klein. Die Erwachsenen hatten alle mit sich zu tun. Sie erinnert sich, dass selbst gute Bekannte, die sonst gern ein Schwätzchen mit ihr auf der Straße gemacht haben, schon von Weitem abwinkten. „Tut mir leid, Li, hab's eilig." Oder sie wechselten rechtzeitig die Straßenseite. Li hätte gern ein tröstendes Wort gehört, damals. Aber sie nahm es den Leuten nicht übel. Worüber hätten sie denn mit ihr sprechen sollen, mit der Kriegerwitwe? Stolz auf die gefallenen Helden, wie es in kreischenden Zeitungsartikeln und grölenden Rundfunkansprachen platzgreifend verkündet wurde, waren nur die, deren Männer oder Söhne noch lebten.

Und später? Einmal kam ihr Großer aus der Schule nach Hause. Er war ganz still. Sonst flog die Schultasche in eine Ecke und er lief nach draußen zu seinen Freunden. An diesem Tag setzte er sich wortlos an den Küchentisch und machte seine Hausaufgaben. Sie beobachtete ihn.

„Ist was?"

Er schüttelte nur den Kopf, aber er sah sie nicht an. Das kannte sie nicht von ihm.

„Bist du krank?“ Sie fasste ihn an die Stirn. „Fieber hast du jedenfalls nicht.“

Karl machte eine heftige Bewegung, um ihre Hand abzuschütteln. „Lass mich!“

Li kannte ihren Großen. Er würde reden, später. Wahrscheinlich war in der Schule etwas vorgefallen, ein Streit mit einem Klassenkameraden oder eine schlechte Zensur. Karl war manchmal etwas hart verpackt. Im Gegensatz zu seinen jüngeren Brüdern hatte er die Kriegsjahre und die schlimme Zeit danach bereits sehr bewusst erlebt. Er war, wenn man das von einem Zehnjährigen sagen kann, beinahe erwachsen. Und dann wieder so wild und ausgelassen, dass ihr bange wurde.

Und Karl redete. Sehr viel später. Etwa eine Woche danach. Sie erzählte, dass sie seinen Klassenlehrer getroffen habe, Herrn Schmitz. Und der habe sich lobend über ihn geäußert.

„Der Arsch kann mich mal!“

Li war entsetzt. Solche Ausdrücke missbilligte sie. „Das musst du mir aber bitte einmal erklären!“, sagte sie streng. „Ich erzähle dir, dass sich dein Klassenlehrer lobt, und du … Was ist los, Karl?“

„Nichts!“, lautete die trotzige Antwort. „Kann ich jetzt raus? Batt wartet.“

Batt war sein Freund. Sie wusste, dass der mit seiner Mutter in die Stadt gegangen war. Da nahm sie ihren Großen einfach in den Arm und drückte ihn an sich. Er wehrte sich zwar gegen ihr sanftes Streicheln, aber schließlich gab er auf. Und plötzlich schluchzte er und stotterte etwas, was sie zunächst nicht verstehen konnte. Sie wartete, bis er sich beruhigt hatte.

„Was ist los, Karli. Erzähl es mir. Ich bin deine Mutter. Einer Mutter kann man alles sagen.“

Er schüttelte den Kopf. „Nein, nicht alles. Das nicht. Am liebsten würde ich in eine andere Schule gehen.“

Es muss etwas mit seinem Lehrer zu tun haben, dachte sie. Aber Herr Schmitz hat mir doch nur Gutes über ihn erzählt? „Warum willst du in eine andere Schule?“

„Eben darum! Kann ich jetzt raus? Batt wartet wirklich. Wir wollen zum Froschteich gehen.“

Sie ließ ihn los. „Komm nicht so spät nach Hause, Großer. Und nimm den Kleinen mit. Der ist allein im Hof."

Karl nickte, ganz der große Bruder. Schnell gab er ihr einen Kuss auf die Wange. Das war sonst gar nicht seine Art. Und lief nach draußen.

Sie machte sich Sorgen. Mit wem sollte sie reden? Die Jungs wuchsen heran. Sie tat alles für sie. Aber manchmal weinte sie nachts verzweifelt in ihr Kissen. Robert fehlte ihr. Und den Kindern fehlte der Vater. Am Wochenende, nahm sie sich vor, setze ich mich mit den Kindern hin und wir sehen uns alte Fotos an. Sie wusste, dass ihre Söhne gern in den Alben blätterten. Meist waren es Fotos von ihnen selbst, der Rand der Bilder in Wellenlinie geschnitten, das galt damals als besonders schick. Sie amüsierten sich königlich über ihre Konterfeis. Am meisten lachten sie, wenn Mutter die Seite aufschlug, auf der Karl und Eckart mit erwartungsvollen Gesichtern, jeder einen schon arg in Mitleidenschaft gezogenen Stoffaffen im Arm, vor einem windschiefen Zaun standen.

Karl trug einen dicken Wollmantel mit großen hellen Knöpfen, auf dem Kopf eine Baskenmütze. Eckart steckte in einer Jacke, aus der sein Bruder bereits herausgewachsen war und in die er noch nicht richtig hineinpasste. Eckart machte ein angestrengtes Gesicht, auf dem der Schatten einer Mütze mit Bommel lag. Beide blickten in die Kamera, als würde da wirklich das Vögelein herauskommen, das der Fotograf angekündigt hatte.

Karl wollte an diesem bestimmten Tag aber nicht in den Alben mit den Kinderfotos blättern. Er holte ein anderes heraus, das Mutter selten zeigte. Auf der ersten Seite dieses Albums sah man ein Brautpaar, das soeben aus der Kirche gekommen war. Fröhliche Leute. Großvater mit seinem schwarzen Zylinder und im Bratenrock, wie er seinen guten Anzug nannte, den er nur zu besonderen Anlässen trug. Bratenrock, weil es nicht alle Tage Braten gab. Höchstens an Sonntagen, nach dem Kirchgang und dem Gang über die Flur. Aber zu der Zeit war schon kein Feld mehr abzuschreiten und in die Kirche ging er auch nicht mehr.

Die Braut im weißen Kleid mit langer Schleppe. Der stolze Bräutigam, gerade Haltung, die Mütze unter den Arm geklemmt. In

Paradeuniform. Unteroffizier Robert Thal nebst Gattin am Tag ihrer Eheschließung.

Karl betrachtete lange und nachdenklich dieses Bild.

„Mein Papa war kein Verbrecher. Papa nicht!“

Für einen Moment setzte ihr Herzschlag aus, so erschrak sie. „Aber Karli, wie kommst du denn auf so etwas? Natürlich war Papa kein schlechter Mensch. Er war ein sehr, sehr guter Mann. Und er hat euch ganz doll lieb gehabt. Wer sagt denn so etwas?“

Da erfuhr sie die ganze Geschichte. Sie hatten in der Schule über den Krieg gesprochen. Deutschland wäre heimtückisch in die Sowjetunion, das Vaterland der Arbeiterklasse, eingefallen. Wo immer auch ihre Stiefel hintraten, hinterließen sie Tod und Entsetzen und verwüstete Orte. Die deutschen Soldaten, hatte Herr Schmitz den Kindern erklärt, hätten sich mitschuldig gemacht am größten Verbrechen der Menschheit. Sie waren Eroberer, Mordbrenner und Diener eines menschenverachtenden Diktators.

Wie anders hätte das ein Kind damals verstehen sollen als so, wie es Karl verstanden hatte?

Li hatte ihren Sohn in den Arm genommen. „Euer Vater war ein sehr guter Mensch. Was immer auch andere erzählen. Papa war gut. Er hat euch geliebt. Und bestimmt hat er zuletzt an euch gedacht. Das musst du mir glauben, Karli.“

Und Karl, viel zu erwachsen für seine zehn Jahre, sagte ernst: „An dich hat er auch gedacht, Mama.“

Sie war am nächsten Tag in die Schule gegangen, um den Lehrer zur Rede zu stellen. Sie wollte ihm erzählen, welche Wirkung seine Worte auf ihren Sohn gehabt hatten. Die meisten Schüler dieser Klasse waren, wie viele Kinder in den anderen Klassen auch, Halbwaisen.

Herr Schmitz, den sie als einen besonnenen und guten Lehrer kannte, ließ sich auf diese Debatte erst gar nicht ein. Sie saßen sich an einem kleinen Tisch im Lehrerzimmer gegenüber, einige seiner Kollegen befanden sich zwar auch im Raum, aber die, schien es, waren mit der Vorbereitung auf die nächste Unterrichtsstunde beschäftigt.

„Frau Thal“, hatte Herr Schmitz in einem besonders distanzierten Ton gesagt, „wenn wir unsere Kinder – und da schließe ich Ihre

1942: Meine Mutter, mein Bruder Karlludwig (rechts) und ich.

Söhne selbstverständlich mit ein – nicht von Anfang an zu Friedensliebe, Völkerverständigung und guten Sozialisten erziehen, werden wir eines Tages wieder in eine solche Katastrophe hineinschlittern, wie wir sie gerade hinter uns haben. Die Kinder, auch die jüngsten schon, müssen lernen, dass es kein schlimmeres Verbrechen als Krieg gibt. Und sie müssen lernen, dass jeder, der nicht Widerstand geleistet hat, mitschuldig war an den Verbrechen der Faschisten."

Li, verschreckt durch die Worte und noch mehr durch die akzentuierte Aussprache des Lehrers, wollte einlenken. „Aber es sind doch noch Kinder, Herr Schmitz. Kinder, die keinen Vater mehr haben." Und sie dachte trotzig den Satz, den sie aber nicht aussprach: Ich habe auch keinen Widerstand geleistet. Sie wusste, dass Herr Schmitz drei Jahre im Lager gewesen ist.

„Und was, bitte, erzählen wir den Kindern der gefallenen Helden des Großen Vaterländischen Krieges, warum ihre Väter, ihre Mütter, ihre Onkel, Tanten und Großväter –, warum viele Millionen Sowjetmenschen das Leben lassen mussten im Kampf gegen den Aggressor Deutschland?"

Noch immer taten die anwesenden Lehrer im Zimmer, als seien sie mit ihrer Unterrichtsvorbereitung beschäftigt, aber Li fühlte die Blicke in ihrem Rücken. Und sie war zu schwach, um kämpfen zu können. Was hatte sie anderes dagegenzusetzen als ihre Gefühle? Wie hilflos klang, was sie, ganz leise, kaum hörbar, sagte: „Er war ein guter Mensch, Herr Schmitz. Er hat uns geliebt."

Der Lehrer brachte sie an die Tür. Er gab ihr die Hand und sagte, nun in einem ganz anderen, fast um Entschuldigung bittenden Ton: „Ich wünsche mir, dass Sie mich verstehen, Frau Thal." Dabei sah er sie auf eine besondere Weise an, die sie nicht verstand. Ihr schien nur, dass er sich so vor sie stellte, damit seine Kollegen im Hintergrund weder sie noch sein um Verzeihung bittendes Gesicht sehen konnten.

Wenige Tage darauf nahm sie ihr Polier auf die Seite. Li arbeitete als Trümmerfrau auf einem ehemaligen Fabrikgelände, das nach dem Krieg gesprengt worden war. „Was ist los, Li? Du sollst 'was gegen die Russen, also" – korrigierte er sich schnell – „gegen die Freunde gesagt haben? Ja, bist du denn wahnsinnig?"

9. APRIL 1942

Meine liebe, gute Li!

Einen kurzen Aufenthalt will ich nutzen, um Dir wieder ein paar Zeilen zu senden.

Nun sind wir schon neun Tage unterwegs und bereits tief in Rußland, aber immer bietet sich dem Auge dasselbe Bild: Nichts als trostlose weite Ebene, ab und zu ein kleiner Laubwald. Man kann sich leicht vorstellen, daß ein Mensch mit der Zeit abstumpfen muß. Und dieser Dreck! Jetzt kann man erst ahnen, was die Kameraden vor uns zu leisten hatten, um mit dem gesamten Heeresgefolge vorwärts zu kommen.

Ich bin gespannt, wo wir eingesetzt werden, denn das Ziel unserer „Reise" ist noch unbekannt. Den Dnjepr haben wir bei Dnjepropetrowsk schon lange hinter uns gelassen. Und immer noch ist das Endziel in weiter Ferne. Daß ich bei dieser Einöde mehr als je an zu Hause denken muß, kannst Du Dir wohl vorstellen. Immer sind meine Gedanken bei Dir und den Kindern.

Schicke mir doch bitte ein Bild von Dir und den Kindern, dann habe ich Euch stets vor Augen, wenn die Sehnsucht mal zu groß wird.

Es grüßt und küßt Dich und Euch tausendmal

Euer Papa

Woher wusste er von dem Gespräch mit dem Lehrer? Sie glaubte nicht, dass Herr Schmitz zum Direktor gegangen war.

Mit wem hätte sie reden können? Hinfort schwieg sie und vergrub ihren Kummer tief in ihrer Erinnerung.

IV

Viele Jahre, Jahrzehnte hat sie gewartet. Sie hätte nicht einmal genau sagen können, worauf sich ihre Hoffnung gründete, denn schon die Vorstellung, je sein Grab besuchen zu dürfen, war illusorisch, weil sie gar nicht gewusst hatte, ob es ein solches Grab gibt. Und weil sie keine Vorstellung hatte, wo und wie das sein könnte, hatte sich, freilich ganz tief in ihrem Inneren, der absurde Gedanke gehalten, dass eines Tages die Tür aufginge und Robert vor ihr stünde. Und wenn sie das dachte, sah sie ihn lachen. Laut und fröhlich lachen wie damals, als ihr der Kuchen misslungen war.

In jenen Jahren ist es noch üblich gewesen, Kuchen auf großen, meist runden Blechen zu backen. Die brachte man zum Bäcker, gleich um die Ecke, denn um ihn zu Hause auszubacken, hätte man einen besonders großen Ofen haben müssen. In den Kuchen wurde ein hölzernes Zeichen gesteckt mit dem Namen des Kunden darauf.

Wie glücklich war sie, alle Zutaten bekommen zu haben, um den ersten Kuchen ihrer Ehe zu backen! Aber er misslang ihr. Irgendetwas hatte sie vergessen oder zuviel an den Teig gegeben. Der Kuchen war so hart geworden, dass man ihn mit dem Beil hätte teilen müssen. Sie war verzweifelt. Am liebsten hätte sie ihn weggeworfen, bevor Robert nach Hause kommen konnte. Er kam an diesem Tag etwas früher vom Dienst als sonst. Er sah ihr verzweifeltes Gesicht. „Ist was passiert?“

Sie zeigte auf den Kuchen, der noch auf dem Blech in der Küche lag. „Hart wie Stein. Tut mir leid, Robert, aber er ist mir völlig misslungen.“ Tränen standen in ihren Augen. Er sah sich den Kuchen an. Er probierte, ob man ein Stück abbrechen könne. Man konnte nicht. Er lockerte das Namenszeichen und zog es heraus. Jetzt war ein kleines Loch im Kuchen. Robert überlegte. Plötzlich nahm er den Kalender von der Wand, ergriff den Kuchen und steckte das Loch über den Nagel. Er trat einen Schritt zurück, nickte zustimmend und sagte: „Passt doch! Ich weiß gar nicht, was du hast, Li." Dann lachte er, lachte laut los, wie sie ihn immer wieder lachen hörte, wenn sie an ihn dachte. Sie hatte in den ersten gemeinsamen Monaten ihrer Ehe wenig Gelegenheit, ihm einen Kuchen zu backen. Es war schwierig, alle Zutaten zu bekommen. Und dann ging er ins Feld. Freiwillig.

Li blickt auf die Uhr. Wird sie jetzt doch unruhig? Die Passagiere nach Wolgograd müssten bald aufgerufen werden, denkt sie.

„Ich frag mal den Reiseleiter", sagt Frau Bergheim.

„Die vergessen uns schon nicht", erwidert Li. Sie hat das Bedürfnis, der Frau etwas Nettes zu sagen. „Ihr Mann, ich meine, waren sie länger verheiratet?"

„Mit Ernst?", vergewissert sich Frau Bergheim. „Kein Jahr. Dann musste er an die Ostfront. Es soll ja Verrückte gegeben haben, die sich freiwillig meldeten. Ernst nicht. Der hat gewusst, dass er nicht wiederkommt."

Robert hatte sich freiwillig gemeldet. Er war nicht Soldat geworden, um sich im Hinterland herumzudrücken. Ihm war nie der Gedanke gekommen, dass es ihn treffen könnte. Zu der Zeit standen noch nicht viele Gefallene in den Zeitungen. „Die zwölf Jahre, mein Gott, Li", hatte er gesagt, „die sitze ich doch auf einer Arschbacke ab. Und dann bin ich Mitte dreißig. Mit dem Batzen Geld, der mir zusteht, kaufen wir uns 'ne Farm in Afrika! Was denn sonst, Mädel! Das ganze Jahr einen Platz an der Sonne!"

„Vielleicht haben sich unsere Männer gekannt", überlegte Frau Bergheim.

„Ich denke schon", sagt Li. „Es ist seltsam." Was seltsam sein soll, hätte sie nicht zu sagen gewusst.

„Fritz", sagt Frau Bergheim, „also was mein zweiter ist, den habe ich vor einem Jahr begraben. Wissen Sie, bis dahin hatte ich noch immer die Vorstellung, Ernst ist vielleicht gar nicht gefallen. Man hat ja nie ein Grab gesehen. Aber seit Fritz unter der Erde liegt –, komisch, ich denke manchmal, da ist auch Ernst mit drin."

Li nickt zustimmend. „Das ist es. Man hat das Grab nie gesehen."

Plötzlich geht alles sehr schnell. Der Flug wird aufgerufen. Der Reiseleiter achtet darauf, dass niemand sein Handgepäck vergisst. „Halten Sie Ihre Bordkarte bereit!" Dann gibt er ein Zeichen, indem er die rechte Hand nach oben streckt. „Wenn Sie mir bitte folgen wollen!"

Sie treten durch eine Glastür ins Freie. Ein Bus steht bereit, der sie zum Flugzeug bringen wird.

Es gibt welche in der Gruppe, die sagen „Flieger", ist Li aufgefallen. Die sind bestimmt von „drüben". Vierzig Jahre haben sie in einem geteilten Land gelebt. Das ihre hat sie nicht besonders geliebt, das andere ist ihr fremd gewesen. Man sagt dort Flieger für Flugzeug und die Frau des einstigen Kompaniechefs ist Frau Hauptmann. Immer noch.

Der Bus hält fast vor der fahrbaren Treppe, die am Flugzeug angedockt ist. Li geht vorsichtig hinauf und blickt sich oben noch einmal um, als wolle sie von irgendwem Abschied nehmen. Es stehen Leute auf der oberen Plattform der Halle, die winken. Niemand winkt für Li. Ich hätte mich vielleicht doch herbringen lassen sollen von Karl, denkt sie. Es ist ein fremder, ein unpersönlicher Abschied.

„Herzlich willkommen. Ihre Bordkarte, bitte", sagt die Flugbegleiterin freundlich.

Dann folgt Li den anderen. Ihr Platz befindet sich auf der rechten Seite, Fensterplatz. Die beiden Sitze neben ihr sind noch frei. Am liebsten hätte sich Frau Bergheim zu ihr gesetzt, aber sie muss drei Reihen hinter ihr Platz nehmen. Das ist Li recht. Sie möchte allein sein. Die Frau ist sicherlich ganz nett, aber sie redet ihr einfach zu viel. Sie möchte Zeit haben für ihre Erinnerungen.

Frau Grüber und ihr Enkel belegen die Plätze neben Li. Man nickt sich freundlich zu. Der Enkel verstaut das Gepäck. Dann erklärt er seiner Großmutter, wie sie sich anschnallen muss. Frau Grüber ist sehr nervös, aber der Enkel geht ganz lieb mit ihr um.

20. APRIL 1942

Meine liebe, gute Li!

Heute habe ich Deinen Brief vom 31.3. erhalten, worüber ich mich sehr gefreut habe. Und das ist leicht verständlich, denn nach ca. 3 Wochen war es ein Gruß aus der Zivilisation.

Nun mal etwas zu unserem „Krieg“. Also: am 11. April sind wir nach 10-tägiger Bahnfahrt in unserer ersten Unterkunft angelangt, die wir aber bereits am 14. abends wieder verlassen mussten. Nach mehreren Nachtmärschen bei strömendem Regen erreichten wir unsere zweite Unterkunft, die wir allerdings auch wieder über Nacht verließen. So ging das drei Nächte hindurch. Die Strapazen habe ich trotzdem gut überstanden, nur eine kleine Blase am rechten Fuß. Und manche Strecke sind wir auch geritten. Noch zwei Nachtmärsche liegen vor uns, dann endlich sind wir dort, von wo aus wir eingesetzt werden. Wenn Du diesen Brief erhältst, werde ich meine erste Feuertaufe hinter mir haben und schon ein „alter Krieger“ sein. Dann habe ich meinen Eid auf den Führer erfüllt!

Unsere Unterkunft befindet sich in der Nähe einer größeren Stadt am Donez. Partisanen scheint es hier in großen Mengen zu geben. Also heißt es ständig auf der Hut sein. Die „alten Hasen“ behaupten, daß man im vordersten Graben sicherer ist als im Hinterland. Wie lange die ganze Sache hier dauern wird, weiß noch keiner zu sagen. Aber ewig kann's nicht sein. Jetzt warten wir erst einmal auf unseren Einsatz an der Front. Eins ist aber sicher: der Russe übersteht den Sommer nicht!

Heute haben wir aus Anlaß des Führer-Geburtstages 3 Tafeln Schokolade und „Rauchwaren" erhalten, was eine sehr willkommene Sache war. Ich laß mir's jedenfalls schmekken und denke dabei an meine Naschkatzen zu Hause.

Ich umarme Dich und die Kinder

Dein Bob

Die Motoren werden gezündet. Die Maschine rollt über die Bahn, zunächst langsam, bis sie ihren Startpunkt erreicht hat. Ein kurzes Verharren wie ein Maikäfer, der sich erst noch einmal tüchtig aufpumpen muss, und dann dröhnen die Motoren, die Maschine rollt, gewinnt an Fahrt, rast – ein kurzer Ruck, da sind sie bereits in der Luft. Als sie die erforderliche Höhe erreichen, dürfen die Gurte gelöst werden.

Li blickt aus dem Fenster. Die Landschaft unter ihnen wird immer kleiner. Und plötzlich fragt sich Li: Warum mache ich das eigentlich? Es war doch alles gut so. Und es ist lange her, so lange her.

V

Sie hatte die Briefe in ihrer Handtasche, seine und ihre. Viel mehr ist ihr nicht geblieben. Die letzten Bombenangriffe auf die Stadt waren furchtbar gewesen. Und als sie an jenem 8. April 1945 mit den Kindern aus dem Luftschutzkeller kam, sah sie das brennende Haus. Die ganze Straße brannte. Fast die ganze Stadt.

Gerettet war nur, was sie bei sich trug. Einige Papiere, die Briefe und zwei Fotoalben. Das Wichtigste natürlich: die Kinder. Sie hatte keine Zeit für Entsetzen und Tränen und Verzweiflung. Sie musste die Kinder beruhigen. Wenn sie mit ihnen in den Luftschutzkeller geflüchtet war, sagte sie immer: „Da, seht ihr, das ist das Bild von unserem Führer. Der passt auf, dass euch nichts Schlimmes geschieht." Und wenn sie wieder herauskamen aus dem Luftschutzkeller, konnte sie erleichtert sagen: „Seht ihr, der Führer hat euch beschützt."

Nun brannte das Haus, nun brannte die Stadt. Und das Einzige, was sie noch besaß, waren die wichtigsten Papiere, die Briefe und die Bilder. Ein Foto von Robert war darunter, das sie besonders mochte, weil er darauf so natürlich aussah. Als sie später wieder in die Stadt zogen in eine kleine, aber wenigstens richtige Wohnung, da hätte sie dieses Bild gern aufs Vertiko gestellt, auch für die Kinder. Aber sie wagte es nicht, denn Robert trug die Uniform, von der es verächtlich hieß, das ist die Uniform der Faschisten. Sie hatte Angst, jemand könnte das missverstehen. Vor allem aber wollte sie die Kinder nicht in eine Situation bringen, in der sie irgendeinem erklären mussten, warum ihre Mutter das Bild eines Hitlersoldaten auf dem

Vertiko stehen hatte. Vielleicht war die Furcht sogar unbegründet. Aber Li wollte es nicht darauf ankommen lassen. Später fand sie einen Fotografen, der Roberts Kopf von dem Bild auf ein ziviles Bild eines ihr unbekannten Mannes kopierte. Die Proportionen stimmten nicht ganz und einen solchen Anzug hatte Robert nie besessen, aber es war sein Gesicht, sein Lachen, es waren seine guten Augen. Die Fotomontage besitzt sie noch.

Sie sucht das originale Bild in den Papieren, entnimmt es aber nicht ihrer Handtasche, sondern betrachtet es in diesem Versteck. Sie ist eine alte Frau geworden. Nie hat sie darüber nachgedacht, wie Robert aussehen könnte, wenn er noch leben würde. Ein merkwürdiger Vergleich fällt ihr ein. Neben ihr sitzen die Großmutter und ihr Enkel. Der Altersunterschied zwischen ihnen entspricht wahrscheinlich ungefähr dem zwischen mir heute und Robert von damals auf dem Bild, denkt Li.

Sie blickt zu der Frau und ihrem Enkel, der etwas unglücklich auf seinem Mittelplatz sitzt. „Wollen Sie ans Fenster? Mir ist das egal."

Der junge Mann bedankt sich. „Wenn es Ihnen nichts ausmacht? Ich fliege nämlich gern durch die Wattewelt. Es ist richtig spannend."

Li lächelt. Sie wechselt auch einen Blick mit Frau Grüber, die ihr freundlich zunickt. „Ich hieß übrigens Schneider", sagt sie. „Mein erster Mann …"

Da wird Li auf einmal ganz heiß. Schneider. Heinz Schneider ist jener Kamerad gewesen, der im Frühjahr 1943 zu ihr mit der Nachricht gekommen war, dass Robert gefallen ist. Das war zu einer Zeit, in der sie noch immer keine offizielle Nachricht vom Tod ihres Mannes hatte und verzweifelt hoffte, dass er vielleicht verwundet, vielleicht in Gefangenschaft geraten war – aber lebte, lebte!

„Heinz Schneider?"

„Ja", sagt die Frau. „Heinz. Die beiden kannten sich gut. Und jetzt lernen wir uns kennen." Sie schüttelt den Kopf. „Es gibt Zufälle im Leben … Vielleicht ist es gut, dass man das meiste vergessen hat."

„Ich habe nichts vergessen", sagt Li.

Frau Grüber sieht sie schräg von der Seite an. Sie weiß nicht, was die Frau des gefallenen Kameraden ihres damaligen Mannes damit meint. Aber dann sagt sie: „Wahrscheinlich vergisst man nie. Man denkt nur nicht immer so oft daran wie in der ersten Zeit."

VI

Sie waren arm wie die Kirchenmäuse, als sie heirateten. Li musste sich ihre Lebensversicherung auszahlen lassen, damit sie wenigstens etwas Geld hatten, um Möbel kaufen zu können. Zwar waren die ganz schlimmen Jahre vorbei. Es ging vorwärts. Auf den Straßen herrschte wieder Ordnung. Aber große Sprünge konnten sie nicht machen.

Als sie sich kennenlernten, war Robert arbeitslos. Sie hatte eine zwar schlecht bezahlte, aber wenigstens feste Anstellung in einem Kontor. Robert überraschte sie eines Tages mit der Ankündigung, dass er sich freiwillig zur Wehrmacht gemeldet habe. Sie war zunächst verärgert, weil er das ohne ihr Wissen getan hatte. Hätte sie ihm widersprochen? Wahrscheinlich nicht. Dennoch, so wie sie miteinander standen zu dieser Zeit, wäre es ihr lieber gewesen, er hätte vorher mit ihr geredet.

Böse konnte sie ihm deswegen nicht sein. Er hatte sich das alles gut ausgedacht. In zwölf Jahren gehe ich als Feldwebel und mit einer guten Abfindung nach Hause. Und dann, Mädchen, auf nach Afrika! Das war sein Traum, den er nun auch für sie und die Kinder mitträumte, die sie einmal zusammen haben würden. Von mir aus ein ganzes Dutzend, hatte er lachend gesagt. Allein schon wegen der Machart! Sie konnte ihm nicht böse sein.

„Und wenn es Krieg gibt?", hatte sie gefragt. „Der Führer wird sich das nicht mehr lange gefallen lassen von den Plutokraten."

„Recht hat er!", trumpfte Robert auf. „Sage ich doch auch. Das ganze Elend, der Schandvertrag von Versailles und so. Dieses internationale Judentum. Die sind doch daran schuld, dass es Deutschland schlecht geht. Wenn der Führer befiehlt, Li, werde ich ihm folgen. Oder willst du einen Feigling daheim haben?"

Das wollte sie natürlich nicht. Aber sie wollte ihn auch nicht fragen, was geschähe, falls er in diesem Krieg fallen sollte. Was würde aus ihr werden und den Kindern, die sie noch gar nicht hatten? Es stimmte schon – und man las es schließlich jeden Tag in der Zeitung –, dass die Feinde alles taten, um Deutschland den Platz an der Sonne streitig zu machen.

Sie hatten ein kleines Radio, so ein schwarzes aus Bakelit. Da konnte man hören, wenn der Führer sprach. Oder Reichsminister Goebbels. Die sagten das alle: Deutschland hat nur eine Zukunft, wenn sich das deutsche Volk gegen die übermächtigen Feinde wehrt.

Für Robert war die Zukunft klar und verheißungsvoll. Ich bin noch nicht einmal Mitte dreißig, wenn die Zeit heran ist, hatte er gesagt. Eine Farm in Afrika, diese unendliche Weite. Und diese Sonne, Mädchen, nie wieder frieren, wo du doch so eine Frostbeule bist. Und die Kinder wachsen gesund auf, nicht in der Enge der Stadt und im Sandkasten hinterm Haus, in den die Katzen scheißen. Und endlich Geld haben! Nicht jeden Pfennig dreimal umdrehen müssen und vor dem Schaufenster stehen und sich sagen, dass du dir die schönen Schuhe doch nicht kaufen kannst. Arm, Li, arm sind wir lange genug gewesen! Vertraue mir. Ich schaffe das. Mit dir sowieso. In zwölf Jahren können die uns hier alle mal im Mondschein begegnen. Alle!

Wie hatte er das eigentlich gemeint? Wen hatte er damit gemeint? Klangen seine Sprüche nur deshalb so forsch, weil er etwas anderes, eine andere Stimme in ihm, einen unerlaubten Zweifel an der Allmacht des Führers übertönen wollte? Sie hat ihn später nie fragen können. Später – das meint die vielen Jahre danach, als ihr klar geworden war, wie gründlich sie verraten worden waren und wie gründlich sie sich hatten verraten lassen. Nein, sie hätte ihre Zweifel damals nicht artikulieren können. Sie hatte zwar Angst, aber sie ahnte noch nicht einmal, woher die wirklich kam.

Dieses Hochzeitsbild. Sie kommen aus der Kirche. Robert in der Paradeuniform, weiße Handschuhe, die soldatisch gerade Haltung. Der Stolz in seinem Gesicht und das Glück in ihren Augen. Vater mit dem steifen Zylinder. Mutter mit den verweinten Augen. Roberts Kameraden standen Spalier. Die neidischen Blicke ihrer Freundinnen. Und zu dem Zeitpunkt trug sie ihr erstes Kind unterm Herzen. Sie hätten auch so geheiratet, wegen des Kindes war es nicht. Aber natürlich war sie glücklich, dass Robert ohne zu zögern das Aufgebot bestellt hatte. Heirateten sie eben ein paar Monate früher als ursprünglich geplant. Das machte keinen Unterschied. Sie liebten sich.

Die Sache mit Afrika hatte sie nicht so ernst genommen, wahrscheinlich weil sie unter Afrika nur Wildnis und wilde Tiere verstand. Vielleicht musste es gar nicht Afrika sein, so weit von zu Hause fort. Konnte sie ihre Eltern allein lassen? Und weg von ihren Freundinnen und der vertrauten Umgebung? Sie war ein Stadtmensch. Schon eine Spinne verursachte ihr Hautjucken. Diese giftigen Schlangen dort und diese heimtückischen Krankheiten! Sie wollte ihm die Freude nicht trüben. Robert, der ewige Optimist! Seine Begeisterung war echt, das wusste sie. Und es schwang dieses Glücksgefühl mit, dass er es schaffen würde. So arm, wie sie noch vor kurzem gewesen sind – nein, so arm würden sie nie wieder sein. Da nahm er gern einiges auf sich. Teufel, was kostet die Welt! Und ein bisschen Eitelkeit schwang darin auch mit. Die Uniform stand ihm gut. Seine Vorgesetzten äußerten sich anerkennend. Gelegentlich eine kleine Auszeichnung, ein Dank vor der Front. Er hatte es bereits zum Unteroffizier gebracht, vorzeitig.

Sie amüsierte sich, ohne es ihn merken zu lassen, wenn er von seinem Dienst sprach. In seiner Gruppe herrsche Ordnung! Er war ein strenger Vorgesetzter, aber seine Leute hatten auch Vertrauen in ihn. Er konnte nach Feierabend sehr lustig sein. Dienst ist Dienst und Schnaps ist Schnaps.

Sie war überzeugt, dass er schaffen würde, was er sich vorgenommen hatte. Wenn nur diese Angst nicht gewesen wäre, unterschwellig, nagend, beunruhigend. Oder lag es an dem Kind in ihrem Leib, dass sie einfach ängstlicher war? Was geschieht, wenn …

Sie fuhr ihm sanft übers Gesicht. Mein Träumer, mein tapferer Soldat, natürlich schaffen wir das, gemeinsam, aber gewiss doch!

30. APRIL 1942

Meine liebste Li!

Wie schnell sich doch die Zeiten und die Situationen ändern können. Noch vor kurzem schrieb ich Dir, daß der Zeitpunkt unseres Einsatzes noch völlig unklar ist – und heute sitzen wir bereits den zweiten Tag in unseren Stellungen. Der Russe liegt uns im selben Dorf auf etwa 150 Meter gegenüber. Doch das hört sich vielleicht schlimmer an, als es in Wirklichkeit ist. Am Tage haben wir, abgesehen von vereinzelten Abschüssen und Einschlägen beiderseits, ziemliche Ruhe. Und auch nachts ist es nicht schlimmer, denn zu weit traut sich der Russe nicht vor – und wir haben vorläufig keine Veranlassung dazu.

Leider haben wir bis heute noch keine Post erhalten, was hoffentlich auch bald in Ordnung geht, denn ich sehne mich schon lange und sehr auf einen Gruß von Dir und den Kindern. Auch Zeitungen und Zeitschriften, sowie Zigaretten sind sehr gefragt. Mit Essen sind wir ja ganz gut versorgt, sodaß in dieser Hinsicht keine Sendungen (außer mal paar Leckerbissen) abgehen brauchen.

Was könnte ich sonst noch gebrauchen? Schuhcreme. Zigarettenpapier und eine Zigarettenmaschine (möglichst gleich so eine Blechschachtel). Vielleicht kannst Du auch etwas Kernseife auftreiben, denn in Punkto Seife soll die Belieferung nicht mehr allzu rosig werden.

Dieses verfluchte Land steht mir ziemlich bis oben an. Obwohl die Bevölkerung, soweit man ihr trauen darf, ziemlich entgegenkommend und freundlich ist. Für ein Stück Brot bekommt man schon seine Wünsche erfüllt. Hier wird es allmählich Frühling. Ein herzlicher Gruß sollen Dir deshalb die beiliegenden Maiglöckchen sein. Zu einem Bukett hat es leider nicht gereicht.

Für heute tausend Grüße und Küsse von Eurem Papa.

Li schreckt aus ihren Erinnerungen auf. „Wie bitte?", fragt sie die Flugbegleiterin. Und antwortet auf die Frage, die sie erst jetzt versteht: „Ein Wasser, bitte. Ich würde gern ein Wasser trinken."

Frau Grüber bestellt Tee. Peter will wissen, welche Sorten Bier in der fliegenden Kneipe gezapft werden. Die Flugbegleiterin zählt humorlos die drei vorrätigen Sorten auf.

„Kein Kölsch!", sagt Peter. „Runterklatschen wäre nicht weiter schlimm – aber kein Kölsch?"

Die Flugbegleiterin zuckt die Achseln. Kein Lächeln. Sie geht weiter, ohne eine Bestellung aufzunehmen.

„Komm, Oma, wir wechseln die Kneipe!"

„Peter", bittet Frau Grüber ihren Enkel, „du bist doch hier nicht in deiner Disko. Was soll denn Frau Thal von dir denken."

Li will das nicht. „Aber ich bitte Sie, Frau Grüber, er hat doch nur einen Scherz gemacht." Und an Peter gewandt fragt sie: „Ist das Ihr erster Flug?"

„Nein, aber der erste in diese Richtung. Und, bitte, sagen Sie Du zu mir. Da fühle ich mich wohler."

„Wie alt sind S…, bist du, Peter?"

„Zweiundzwanzig. Und ich habe noch alle Zähne!"

Li findet, dass er ein bisschen sehr aufgedreht ist. Zweiundzwanzig, denkt sie. So alt war Robert, als er in den Krieg ging.

VII

Peter trinkt genussvoll sein Bier, das er doch noch bekommen hat, und wischt sich den Schaum von der Oberlippe. „Wie sind die eigentlich?", fragt er Li.

„Wer?" Sie weiß nicht, von wem er spricht.

„Die Russen."

Sie überlegt. Was soll sie antworten? „Ich weiß nicht", sagt sie.

Da schaut er sie ungläubig an. „Na, ihr seid doch von denen besetzt gewesen!"

„Ja", antwortet sie gedehnt. „Das waren wir. Irgendwie. Aber gekannt habe ich keinen. Sie lebten in ihren Kasernen und sind so gut wie nie in der Stadt zu sehen gewesen. Ich glaube, die durften gar nicht raus. Die Offiziere vielleicht. Aber die einfachen Soldaten, nein, die haben das Land nicht kennengelernt, in dem sie drei Jahre stationiert waren."

Das glaubt er nicht. Er weiß doch, dass die Russen mit eiserner Faust regiert haben. Sogar die Kinder in der Schule mussten ihre Sprache lernen. „Ich denke, die haben euch Kultur beigebracht?"

„Peter!", mahnt ihn seine Großmutter. Es ist ihr peinlich, wie der Junge fragt.

„Lassen Sie ihn doch", sagt Li. „Er weiß eben nur das, was ihm erzählt worden ist."

„Wieso?", fragt er. „War es denn anders?"

„Ja", sagt sie. „Es war ein bisschen anders. Aber ich kannte keinen von ihnen persönlich."

Doch da ist etwas gewesen, an das sie all die Jahre nicht mehr gedacht hat. Weil sie nicht daran denken wollte?

Als die Stadt lichterloh gebrannt hat nach dem letzten schweren Bombenangriff und alles verloren war, ist sie mit ihren Kindern zu Bekannten aufs Land geflohen. Die hatten ein kleines Gehöft. Dort hat sie als Magd gearbeitet. Erst zwei Jahre später konnte sie wieder in die Stadt zurück.

Sie bekam Arbeit als Trümmerfrau. Täglich fand sie sich wie viele Frauen an dem Platz ein, der einmal ein Wohnviertel gewesen war. Sie mussten den Mörtel von den Ziegeln abschlagen und sie sortieren. Was noch brauchbar war, wurde gestapelt, der Bruch kam in eine große Steinmühle.

Die Arbeit fiel ihr schwer. Nicht wegen des Staubs und der aufgerissenen Hände. In einem der Häuser, die nun nur noch Schutt waren, hatte ihre Schwester gelebt. Sie fürchtete, eines Tages würden die Trümmer weggeräumt sein, unter denen ihre Schwester noch immer lag. Sie konnte nicht bleiben. Man gab ihr eine andere Beschäftigung. Sie konnte Schreibmaschine schreiben und stenografieren. Bei der Wismut war eine Stelle frei. Jeden Morgen fuhr sie mit dem Bus zur Arbeit, fast eine Stunde Weg. Wenn sie abends nach Hause kam, schliefen die Kinder. Wäre ihre Schwiegermutter nicht gewesen, hätte sie diese Tätigkeit nicht ausüben können. Aber es gab eine bessere Lebensmittelkarte. Sie ertrug die Strapazen.

Das Büro, in dem sie arbeitete, war eine Baracke. Ein Kanonenofen sorgte im Winter für Wärme. Eine Frau war ständig damit beschäftigt, Brennmaterial heranzuschaffen.

Die Arbeit selbst gefiel ihr. Ihr Vorgesetzter war gut zu ihr, obwohl man ihn sonst fürchtete. Wurde das Tagessoll nicht erfüllt, schrie er und drohte mit einsperren. Er sprach gebrochen Deutsch. Michail Sergejewitsch, plötzlich erinnert sie sich wieder an seinen Namen.

Eines Tages legte er ihr ein in Ölpapier eingewickeltes Paket auf den Schreibtisch. „Fjur Kinder." Sie war sehr überrascht. Noch nie hatte er ihr etwas geschenkt. Er sah ihr freundlich zu, als sie die Verpackung öffnete. Es war mindestens ein Kilo herrlich duftende gelbe Butter.

21. MAI 1942

Meine liebste Li!

Seit den frühen Morgenstunden greifen wir an, um den Bolschewiken den letzten Rest zu geben. Und daß es diesmal nach meiner Ansicht nicht zu lange gehen kann, davon bin ich überzeugt, weil deren Kampfmoral und vor allem das Menschenmaterial sehr mies ist.

Nach drei Nachtmärschen sind wir zur Ruhe übergegangen und nutzen die Gelegenheit, um uns etwas zu renovieren, was ja sehr nötig wurde, denn bei dieser Hitze auf staubigen Straßen wird man ganz schön dreckig. Daß ich die ganze Sache bisher gut überstanden habe, wirst Du ja aus meinen Zeilen ersehen können, und ich bin voller Hoffnung, daß es auch weiterhin so bleiben wird.

Über Einzelheiten des Kampfes zu schreiben ist wohl nicht angebracht und außerdem ist es Dir bestimmt vom

Sie erschrak. „Das kann ich nicht annehmen." Aber er nickte nachdrücklich. „Das konnen. Ist fjur Kinder. Nur ein bisschen. Ich haben auch Kinder. Kinder immer Hunger."

Als sie abends zum Bus ging, trat ihr der Kommissar entgegen. Mit seinem Stöckchen, das er wie eine Peitsche handhabte, zeigte er auf ihre Tasche. „Aufmachen!"

Sie öffnete die Tasche, starr vor Angst. Der Kommissar war gefürchtet. Alle wussten, dass er die Deutschen hasste. Es hieß, er habe schon manchen ins Lager gebracht wegen geringster Verfehlungen.

Hörensagen bekannt. Ich will nur hinzufügen, daß das, was über das Abstoßende der russischen Kriegsführung gesagt wird, auch zutrifft, aber man findet sich damit ab und ergreift eben seine Gegenmaßnahmen.

Ich persönlich will nur hoffen, daß der blöde Kessel im Donezbogen, an dem wir beteiligt sind, bald aufgelöst ist und wir wieder vorwärts können, damit wir hier so bald wie möglich fertig werden und ich mal wieder zu Euch kann, denn ich habe große Sehnsucht nach Dir und den Kindern, ganz besonders jetzt, wo unser drittes im Anmarsch ist.

Und damit ich auch von Dir bald Post erhalte, lege ich Dir eine Luftfeldpostmarke bei. Der Brief darf allerdings nicht mehr als 10 Gramm wiegen und muß rot durchkreuzt werden.

Und nun, meine liebste Li und Buben, seid herzlich gegrüßt und geküßt von Eurem Papa.

Sie hatte sich nichts vorzuwerfen. Dennoch fürchtete auch sie diesen Offizier. Also öffnete sie die Tasche und entleerte sie auf einen kleinen Tisch. Er zeigte mit dem Stöckchen auf das Paket. „Du haben gestohlen Mjaso!"

„Nein, nein! Geschenk. Michail Sergejewitsch mir geschenkt haben. Für meine Kinder. Kinder immer Hunger haben." Sie radebrechte vor Aufregung.

Er schlug mit dem Stöckchen auf den Tisch. Er hätte sie genauso gut ins Gesicht schlagen können. „Worowka!", fauchte er sie an.

„Ich keine Diebin, Genosse Kommissar", sagte sie leise, aber fest. Bestimmte Vokabeln lernte man sehr schnell. Es ging um ihre

Kinder. „Die Butter hat mir Michail Sergejewitsch geschenkt. Sie können ihn fragen."

Er schlug noch einmal mit der Gerte auf den Tisch, dann wandte er sich brüsk ab. Mit kalten Händen packte sie die Butter wieder ein. Die Angst ließ sie noch nach Stunden zittern. Was würde sie Michail Sergejewitsch am nächsten Tag erzählen? Sie beschloss, von sich aus das Thema nicht anzufassen.

Michail Sergejewitsch kam am nächsten Tag nicht ins Büro. Er kam auch den folgenden Tag nicht. Er kam nie wieder. Das wusste sie über die Russen. Sie hätte es Peter nicht erzählen und schon gar nicht erklären können.

„Ich habe keinen gekannt", sagt sie. „Die waren nur in ihren Kasernen."

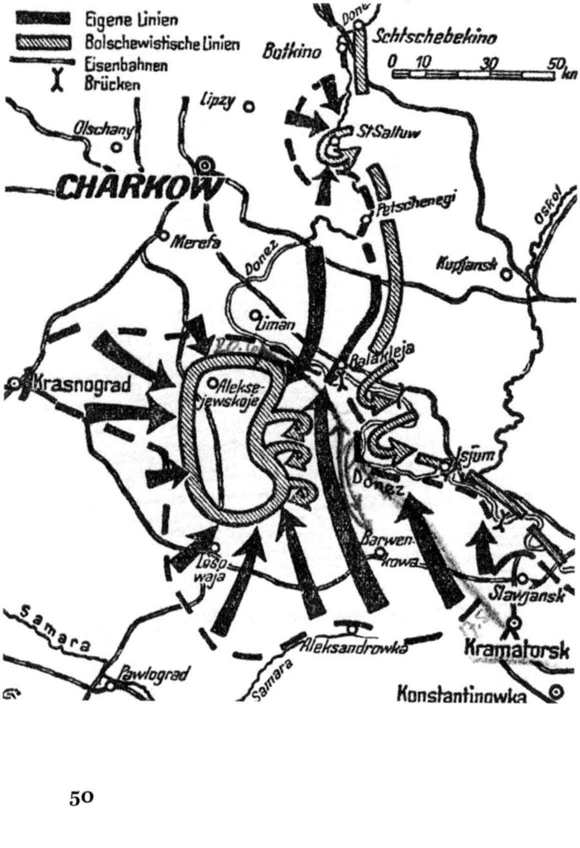

„Der Verlauf der Schlacht bis zum 24. Mai, die am 29. Mai mit der völligen Vernichtung der südlich von Charkow eingekesselten sowjetischen Armeen endete." (Meldung des OKW, des Oberkommandos der Wehrmacht).

QUELLE: ZEITUNGSAUSSCHNITTE AUS DEM „VÖLKISCHEM BEOBACHTER", 1942

VIII

Der Chefpilot teilt über den Bordlautsprecher mit, dass sie soeben die Grenze zur GUS überflogen haben. Das ist, übersetzt sich Li die Abkürzung, die Gemeinschaft Unabhängiger Staaten. Unabhängig wovon oder – von wem? Lange Jahre war es die Sowjetunion, UdSSR, Union der Sozialistischen Sowjetrepubliken, das Land der „Freunde".

Der Name Russland galt als verpönt. Eine sozialistische Völkergemeinschaft, hieß es offiziell, in der die Geschichte der einzelnen Völker aufgehoben und zu wahrer nationaler Blüte und Eigenständigkeit ... Nein, es haben nur wenige an solche Sätze geglaubt. Oder waren es doch viele?

Es ist jetzt ein anderes Land, in das sie fliegt. Es ist auch nicht das Land, in dem Robert als Soldat gefallen ist. Es ist auch eine andere Zeit, in der das alles geschehen ist und in der das jetzt geschieht. Sie will, hat sie sich fest vorgenommen, nichts anderes als das Grab sehen, in dem ihr Mann liegt, um Abschied nehmen zu können, wirklich Abschied von ihm. Sie muss das Grab sehen und eine Blume darauf legen können, um ihren Frieden zu finden. Und sie denkt, dass sie sehr ruhig sein wird, wenn sie davor steht. Und sie weiß, dass sie nicht mehr viel Zeit hat.

Der Reiseleiter geht durch den schmalen Gang, unterhält sich mit den Damen seiner Gruppe in einem pastoralen Ton. Li muss lächeln. Er meint es gut mit ihnen. Er sorgt sich, dass es auch keinem schlecht wird, und gibt Ratschläge. „Aspirin", sagt er. „Nehmen Sie eine Aspirin. Das macht das Blut dünner. Ich sag's wegen Thrombose und so. Man sitzt ein bisschen eng hier, da staut sich schnell das Blut." Und er hat die Tabletten zur Hand, falls jemand mag.

Jetzt ist er an der Sitzreihe hinter ihr. Warum Wolgograd Wolgograd heißt und nicht mehr Stalingrad wie früher?

„Ganz früher", erklärt er wie ein Oberlehrer, „hieß die Stadt an der Wolga Zarizyn. Sie war eine Festung gegen die Steppenvölker, ein Kosakenstützpunkt. Stalingrad heißt seit 1961 Wolgograd, die Stadt an der Wolga." Das muss er schon hundertmal, vielleicht tausendmal erzählt haben, so schnell fallen die Sätze. „Es ist auch nicht mehr die ehemalige Stadt, sondern nur die Stelle, wo einst Zarizyn-Stalingrad gestanden hat. Der Krieg", sagt er, „Sie wissen ja, da ist am Ende jedes Haus eine Festung gewesen. Ist Ihr Mann bis hierher gekommen?"

„Nein", sagt die Frau hinter ihr, „er ist schon vorher gefallen, am siebten Dezember bei Rossoschka."

Li erschrickt. Das ist Roberts Todestag. Und das ist der Ort, wo er gefallen ist.

In diesem Flugzeug sitzen die Witwen einstiger Soldaten, die auf dem Weg nach Wolgograd sind, damals Stalingrad. Sie sind keine gewöhnlichen Touristen. Der Reiseleiter kann nichts dafür, dass er so redet, als würden sie einen Ausflug machen, eine Bildungs- und Erholungsreise. Er begleitet wahrscheinlich sonst ganz andere Gruppen.

Es ist ein Kopfschuss gewesen, hatte der Kamerad damals erzählt. Sie glaubte es. Sie glaubte es nicht. Sie wollte, dass es so gewesen ist.

„Es ging über mehrere Stunden", hatte er berichtet. „Die Granaten schlugen dicht nebeneinander ein wie übergroße Hagelkörner. Es war ein Kopfschuss. Wirklich! Er hat nicht gelitten."

„Sie werden sehen", sagt der Reiseleiter, „wie schön die Stadt wieder aufgebaut worden ist. Wir werden Zeit haben für eine Stadtrundfahrt."

10. JULI 1942

Meine liebste, beste Li!

Endlich habe ich wieder mal eine kurze Gelegenheit, um an Dich zu schreiben. Sei bitte nicht zu ungeduldig, wenn länger mal keine Post von mir kommt, aber es geht nicht anders, da wir fortgesetzt auf dem Vormarsch in Richtung Don waren, den wir endlich erreicht haben. Hier soll es ein paar Tage Ruhe geben. Mit heute sind wir bereits vier Wochen auf dem Marsch, aber erst die letzten Tage stur gen Osten. Eigentlich müßten wir die Wolga längst hinter uns haben, wenn es von Anfang an in diese Himmelsrichtung gegangen wäre, denn über 1000 Kilometer haben wir in Rußland bereits unter die Stiefel gebracht. Von den Russen ist weit und breit so gut wie nichts zu sehen. Höchstens mal ein paar Mann teils in Halbzivil, die zu ihrer Matka tippeln. Also Auflösungserscheinungen. Leider findet sich unter den Russen kein Mann, der die Macht an sich reißt und den Bolschewiken ein Ende setzt. Also muß gekämpft und marschiert werden bis dorthin, wohin wir sollen. Daß das meines Erachtens innerhalb weniger Wochen passiert, darüber sind sich viele Soldaten im klaren. Und wir wollen es auch hoffen, denn das Land an sich macht einem zu schaffen. Dreckig und stur, was nur dreckig und stur sein kann. Und dazu jetzt noch diese Hitze, die vom frühen Morgen an das Leben zur Qual macht. Wie lange das Ganze noch geht, kann man nicht sagen. Eines Tages muß unsere „Nichts-Genaues-weiß-man-nicht-Division" am Ziel sein und der russische Krieg beendet. Hoffentlich vergißt man uns dann nicht hier! So, das wäre mal ein kurzer Einblick in unsere „Flurschaden-Division". Aber erzähle das keinem weiter!

Die Affenhitze macht durstig. Dabei fließt vor uns in seiner ganzen Breite und Tiefe der Don. Er ist zum Greifen nahe – und doch dürfen wir nicht baden, weil das andere Ufer von den Russen besetzt ist. Die haben leider das Schwein, daß ihr Uferstreifen dicht bewaldet ist, während auf unserer Seite nur kahle Hügel sind, sodaß wohl er uns, aber wir leider nicht ihn beobachten können. Kann man nur hoffen, daß die Bande auch von dort bald vertrieben wird.

Morgen habe ich gottseidank die Gelegenheit, mit der Hälfte der Mannschaft ins Dorf zurück zu können, wo wir uns mal gründlich renovieren wollen. Das wird ein Fest werden! Und weißt Du, worauf ich mal richtigen Appetit hätte? Ein Ende harte Wurst und etwas geräuchertes Fleisch. Falls Du mal bei Gelegenheit ... Und etwas Gebakkenes kann auch mit dabei sein. Oder Zuckersendungen mit diesen 100-g-Päckchen sind sehr willkommen. Unsere Kost ist ziemlich schmal geworden. Auf Heimatpäckchen, wovon wir in letzter Zeit nicht viel gesehen haben, sind wir alle erpicht.

Meine liebe Li, was machst Du an unserem Tag? Ich liebe Dich sehr. Dein Robert

IX

An ihrem vierten Hochzeitstag ist sie allein gewesen. Mehrmals war sie zum Briefkasten gegangen, obwohl sie wusste, dass die Briefträgerin schon vor Stunden durch war. Aber sie wollte nicht klagen. Sie hatte die beiden Kinder. Und das dritte wuchs unter ihrem Herzen. Robert würde bestimmt sehr an sie denken in diesem fernen Land.

Am Nachmittag war die Schwiegermutter gekommen. Sie brachte eine Tüte frisch geröstete Kaffeebohnen mit. Eine Rarität in diesen Zeiten. „Wo hast du die bloß wieder aufgetrieben?"

Die Schwiegermutter, mit ihrem breiten Lachen, erwiderte stolz. „Es gibt alles. Es reicht bloß nicht für jeden."

Sie mussten vorsichtig sein. Das Aroma könnte sie verraten. Es gab immer Nachbarn, die zum Blockwart liefen und den scheinheilig fragten, ob er wisse, wo es Bohnenkaffee gegeben habe; aus der Wohnung der Thal'schen rieche es verführerisch danach.

„Wir müssen ja nicht alle Gesundheitstee schlürfen!", sagte die Schwiegermutter. Li erschrak. „Du verbrennst dir noch einmal den Mund, Mutter." Der Führer trank Gesundheitstee.

Dann saßen sie am kleinen Tisch und schwiegen. Beide dachten an den, den sie gern als Dritten in ihrer Runde gesehen hätten. Schließlich sagte Li: „Er hat geschrieben, dass er Weihnachten ganz bestimmt wieder zu Hause ist."

Mutter sagte ernst: „Ich wünsche es dir, wirklich, Li." Dann schwieg sie wieder und trank genüsslich einen Schluck Kaffee. Gleich kehrte der fröhliche Gesichtsausdruck zurück.

„Als ob einem die Engel auf die Zunge pinkeln!" Sie war eine leidenschaftliche Kaffeetrinkerin. Aber vor allem wollte sie das Thema wechseln. „Martha war gestern bei mir. Der ihre Sorgen möcht' ich mal haben!"

Martha war Roberts Schwester. Bei ihr drehte sich alles ums „Haben". Einen neuen Hut haben. Eine neue Gardine haben. Ein Paar neue Schuhe haben.

„Jetzt hat sie einen neuen Teppich gekauft", sagte die Mutter kopfschüttelnd. „Ich frage dich, wozu braucht die einen neuen Teppich, wo der alte noch gut war?"

„Ich weiß es nicht", sagte Li. „Er wird ihr gefallen haben."

„Ihr Mann schlägt sich mit den Russen herum und sie kauft einen Teppich nach dem anderen! Hast du dir einen neuen Teppich gekauft? Na, siehst du. Schöne Blumen hast du." Und plötzlich fasste sie sich entsetzt an den Kopf. „Hochzeitstag! Ihr habt euren vierten Hochzeitstag und ich rege mich über Marthas blöden Teppich auf! Mein Gott, Li, warum hast du denn nichts gesagt?"

Li lächelte. „Du hast doch Kaffee organisiert. Ich dachte, wir wollten ein bisschen feiern zusammen."

Es war der Schwiegermutter sichtlich peinlich. Aber sie wäre eine andere gewesen, hätte dies länger angehalten. „Nimm's einer alten Frau nicht übel, aber in diesen Zeiten, da denkt man von zwölf bis Mittag. Wer weiß, wie es eine Stunde später aussieht. Du nimmst mir das doch nicht übel, Li?"

Als sie ging, schon in der Tür, sagte sie: „Setz einen Gruß von mir drunter, wenn du schreibst, Li." Dann gab sie ihrer Schwiegertochter einen Kuss auf die Wange. So etwas geschah selten. Der Brief, in dem stand, dass er zu Weihnachten bestimmt zu Hause sein werde, war drei Wochen alt. Mutter wusste es. Sie hatte nicht nach neuer Post gefragt. Auch sie wartete. Seit Wochen.

Li trug das Kaffeegeschirr in die Küche. Im Kinderzimmer war es verdächtig ruhig. Sie öffnete vorsichtig die Tür. Und da sah sie die Bescherung. Die beiden Jungs hatten sich Mehl und Wasser aus der Küche geholt, dazu ihre Backförmchen für den Sandkasten. In einem Eimerchen hatten sie Teig angerührt und waren gerade dabei, die Förmchen zu füllen.

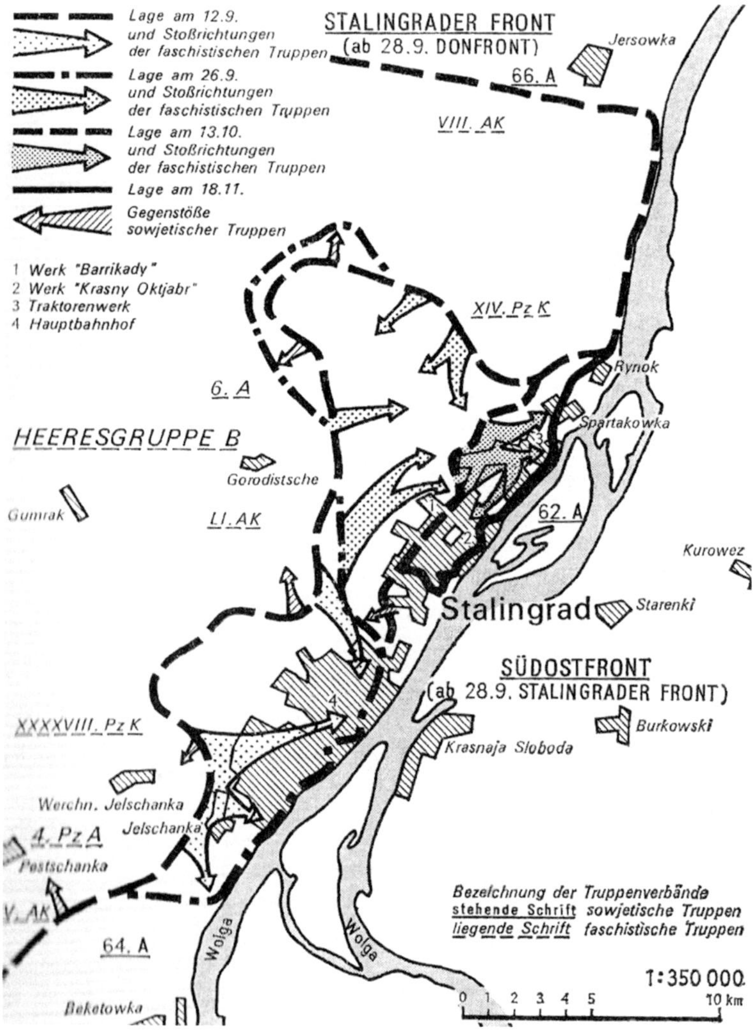

Der Angriff auf Stalingrad, 13. September bis 18. November 1942.

QUELLE: „DEUTSCHLAND IM ZWEITEN WELTKRIEG", AKADEMIE VERLAG BERLIN, 1976

Als sie ihre Mutter erblickten, strahlten sie stolz. Ecki, der kleinere, verkündete: „Wir backen einen Kuchen für Papa. Papa wird sich freuen."

Sie sah das Zimmer. Überall Mehlstaub und Kleister. Der Teppich verdorben, die Schränke beschmiert. Sie hatten gründliche Arbeit geleistet. Aber es fehlte ihr die Kraft, mit den beiden zu schimpfen. Sie konnte ihnen nicht böse sein. „Ja", sagte sie, „Papa wird sich freuen."

Während sie das Zimmer wieder in Ordnung brachte, liefen ihr die Tränen über die Wangen. Es war nicht wegen des teuren Mehls, das sie mit Mühe ergattert hatte. Es war nicht der verdorbene Teppich. Und die Spielsachen ließen sich wieder reinigen. Es war die Selbstverständlichkeit, mit der ihre Kinder von ihrem Vater redeten, als sei er nur mal kurz außer Haus gegangen. Und wenn er zurückkäme, sollte er seinen Kuchen haben. Papa aß gern Kuchen.

Warum schrieb er nicht? Kam die Post nicht durch? Oder hatte er keine Gelegenheit, einen Feldpostbrief aufzugeben? Es war ihr vierter Hochzeitstag, der erste, den sie getrennt voneinander erlebten. Li musste alle Kraft aufwenden, um den einen Gedanken nicht zu denken. Die Zeitungen waren voll mit schwarz umrandeten Anzeigen. Nein, Robert nicht. Er hat es mir versprochen. Er kommt zurück! Er hat es versprochen.

Sie spürte die Bewegung des Kindes in ihrem Leib, legte beide Hände darauf. Papa wird Augen machen, wenn er dich sieht!

Meine liebste, beste Li!

In den letzten Wochen war hier der Teufel los. Wir sind kaum aus den Stiefeln gekommen. Der Russe hat uns das Leben zur Hölle gemacht. Aber der hat nicht mit dem Echo gerechnet. Wir haben ihm die gefallenen Kameraden gründlich in Rechnung gestellt!

Daß ich mich über den Eingang Deiner Briefe und besonders über das Päckchen gefreut habe, kannst Du Dir vorstellen. Und ich will mich auch gleich ganz herzlich bedanken. Komisch ist nur, daß die angekündigten Zigaretten noch nicht angekommen sind. Da wird doch nicht etwa einer … Und gerade daran mangelt es mächtig. Aber es bleibt einem nichts anderes übrig, als abzuwarten. Dir geht es ja auch nicht besser mit der Post. Dazu die Ungewißheit, die Dich quält. Aber da kann ich Dich beruhigen. Wenn mal längere Zeit keine Post eintrifft, dann liegt das meistens nur daran, daß wir keine Zeit und vor allem keine Gelegenheit zum Schreiben haben. Außerdem kommt unser Verpflegungstroß, der auch die Post befördert, nicht mehr täglich zu uns. Also, nicht gleich bange werden! Unkraut vergeht nicht, gelle?

Über Deine Berichte von unseren zwei Strolchen muß ich immer herzhaft lachen. Nur schade, daß ich nicht alles selber miterleben kann. Und wie geht es Nummer drei? Ich hoffe ja, daß ich rechtzeitig Urlaub bekomme, damit ich Dir ein bißchen zur Seite stehen kann. Ob es wieder ein Bub wird? Mädchen wäre aber auch genehm. Na, wie's kommt, kommt es eben. Über den Namen einer SIE *waren wir uns doch einig. Und wenn es ein* ER *wird, sollst Du diesmal allein entscheiden, schließlich ist es schon zweimal nach meinem Kopf gegangen. Wann das aber mit Heimaturlaub wird, steht noch in den Sternen geschrieben, obwohl die Sehnsucht immer größer wird.*

Jetzt stecken wir erst einmal in einer Landschaft, die alles andere als heimatlich ist. Endlose ebene Flächen mit dürftigem Bewuchs. Und Sand, nichts als Sand. Täglich rasseln wir unsere Kilometer herunter ohne Aussicht auf Ruhetage, die wir dringend nötig hätten. Dazu ist unsere Kost verflucht schmal geworden, so daß Heimatpäckchen sehr von Wesenstein sind, von denen ich aber in letzter Zeit ziemlich „verschont" worden bin. Wie gesagt, ein paar Bonbons und ein paar Plätzchen ... Aber wo sind die Zigaretten und der Kakao und die angekündigte Schweizer Wurst?

Betr. der Zulassungsmarke für 1-Kilo-Päckchen, die ich Dir in meinem letzten Brief mitgeschickt habe, bitte ich Dich, daß Du mal bei unserem lieben Fleischer nachfragst, wie es denn mit etwas Geräuchertem aussieht, was ja, wie ich es bei anderen schon gesehen habe, auch mit 100-Gramm-Päckchen geht.

Über unsere militärische Lage ist ansonsten nichts Neues zu sagen. Wir marschieren. Liegen im Dreck. Marschieren. Liegen wieder im Dreck. Links und rechts ist die Front, aber das hören wir nur. Wenn wir mal einen Russen zu fassen kriegen, ist das wie Sonntag. Diese Marschiererei macht mürbe. Das ist zwar weniger gefährlich, aber ein richtiger Einsatz wäre uns langsam lieber. Es muß ja nicht immer so eine besch... eidene Stellung sein wie die letzthin am Don. Allerdings könnte ich Dir nicht einmal genau sagen, wo wir uns derzeit überhaupt befinden.

Gesundheitlich geht es mir, bis auf ein bißchen schlappe Knochen, noch ganz gut, und ich will nur hoffen, daß es dabei auch bleibt. Hauptsache ist aber, daß ihr zu Hause noch alle in bester Ordnung seid.

Damit will ich nun zum Schluß kommen in der Annahme, genügend von meinen paar Stunden Ruhezeit geopfert zu haben. Außerdem muß ich noch an Mutter schreiben und mich bei ihr für das Brausepulver und die Kekse bedanken. Oder kannst Du das in meinem Namen tun? Sag ihr, ich habe es mir munden lassen!

Dir und den Kindern für heute tausend innigste Grüße und Küsse von Eurem Papa

X

Es interessiert sie nicht, was die anderen Mitreisenden neben ihr sagen und denken. Als sie das bemerkt, grübelt sie für einen Moment darüber nach, warum das so ist. Aber sie hält es für wenig wichtig, sich länger mit diesem Gedanken zu beschäftigen.

Das entspricht eigentlich nicht ihrer Art. Stets hat sie die Sorgen und Nöte anderer Menschen angehört und sich damit auseinandergesetzt, mitunter mehr als mit den eigenen Problemen. Und sie hatte für viele Dinge Verständnis aufgebracht, die an sie herangetragen worden waren durch Bekannte, Freunde oder Arbeitskollegen. Hatte einer Sorgen, hieß es oft: Geh zu Li. Li hilft. Und wenn es nur war, dass sie zuhörte. Es ärgerte sie zwar, wenn das einer ausnutzte und Mitleid erregen wollte, obwohl er eine Kopfwäsche verdient hätte, aber sie konnte nicht gegen ihre Natur.

Wenn sie früher für aller Leute Sorgen und Kümmernisse ein offenes Ohr und ein bereites Herz gehabt hatte, hätte es einem Beobachter, der sie gut kannte, scheinen müssen, als wüchse ein Panzer um sie, in den sie sich Schutz suchend zurückzog. Es war, weil sie alle Kraft brauchte, um vorbereitet zu sein auf das, was ihr bevorstand. Sie würde in wenigen Stunden, spätestens morgen, an einem Grab stehen, auf dessen Stein der Name des Mannes eingemeißelt war, den sie immer geliebt und nie vergessen hat – und der für sie noch immer nicht wirklich gestorben war, solange sie nicht gesehen hatte, wo er begraben liegt. Sie würde alle Kraft brauchen, dessen war sie sich bewusst, um diesen Weg gehen zu können, diesen sehr schweren Weg, der ihr, so widersinnig das auch scheinen mochte, eine unendlich schwere Last nehmen sollte, die sie über ein halbes Jahrhundert getragen hatte.

Alle Belege, die notwendig waren, um zu beweisen, dass er an jenem 7. Dezember 1942 wirklich gefallen war, besaß sie. Das amtliche Schreiben des Wehrkreiskommandos, die beglaubigte Sterbeurkunde des Standesamtes, die Berichte seiner Kameraden, die Anzeige in der Zeitung mit der damals üblichen Formel „Im Kampf um Stalingrad erlitt er den Heldentod". Aber sie hatte nie an seinem Grab gestanden, sie hatte ihm nie sagen können, wie sehr er ihr und den Kindern fehlt. Sie hatte keine Blumen auf seine letzte Ruhestätte legen können.

Dieser Weg, der vor ihr liegt, verlangt alle Kraft, die sie noch besitzt. Da ist kein Platz mehr für die Sorgen und Belanglosigkeiten anderer. Und einmal hatte sie gedacht: Wenn ich dort gewesen bin, dann kann ich meinen Frieden finden, dann ist auch meine Zeit heran.

„Wissen Sie", sagt die Frau neben ihr auf der anderen Seite des Ganges, „ich hätte die Reise vielleicht nie gemacht. Ich war noch nie im Osten. Und über den Preis kann man wirklich nicht meckern. Ist ja fast ein Schnäppchen. Oder?"

„Wenn man den Preis nicht rechnet, den wir bereits gezahlt haben", sagt Li.

„Und Sie?", fragt die Frau, ohne Gespür für den Wunsch der anderen, sich mit ihren eigenen Gedanken zu beschäftigen. „Konntet ihr eigentlich nach Russland reisen?"

„Man konnte."

„Waren Sie schon einmal dort, ich meine in Stalingrad oder Wolgarad, wie das jetzt heißt."

„Wolgograd", verbessert Li höflich.

„Ich kann mir diese russischen Namen nicht merken. Sind aber auch komische Leute. Ich bin einmal mit dem Zug nach Zürich gefahren. Als ich eingestiegen bin, hatte ich nicht darauf geachtet, dass es ein Waggon für Raucher war. Ich habe den Schaffner gefragt, ob im nächsten Nichtraucher noch Platz wäre. Er hat mir gesagt, da wäre, aber ich sollte lieber den übernächsten Waggon aufsuchen, denn im nächsten säßen Russen, die riechen so streng, hat er gesagt.

Und er hat mir sogar den Koffer getragen. Also ich sage Ihnen, ich wäre vom Regen in die Traufe gekommen, wie man so sagt. Ich weiß nicht, waschen die sich nicht richtig?"

„Vielleicht waren sie einfach schon längere Zeit unterwegs", gibt Li zu bedenken. „Ich bin einmal in Moskau gewesen. Das ist eine schöne Stadt." Sie sagt nicht, dass sie sich im GUM, dem vielgerühmten Kaufhaus, keine halbe Stunde aufhalten konnte, weil sie Kopfschmerzen bekommen hatte von dem Brodem, der das Gebäude ausfüllte wie ein übel riechender Nebel. Sie sagt das nicht zu der Frau neben ihr. Das geht die nichts an. Sie kennt nicht einmal ihren Namen.

Da mischt sich Peter ein. „Wissen Sie, was die Neger sagen? Die sagen: Alle Weißen stinken."

Li lächelt unmerklich in sich hinein. Das hätte auch ihr Sohn sagen können, Karl. Aber der hätte gewiss Afrikaner gesagt, nicht Neger. In dem Land, in dem sie gelebt hat, sagte man nicht Neger.

OSTEN, 10. AUGUST 1942

Meine liebste, beste Li!

Mit großer Freude habe ich gestern Deine Post empfangen. Da will ich nicht zögern mit der Antwort. Viel weiß ich allerdings nicht zu berichten, da wir noch immer im selben Abschnitt eingesetzt sind und wohl auch noch etliche Tage bleiben werden. Hoffentlich regnet es in dieser Zeit nicht, denn dann ersaufen wir oder ersticken im Schlamm.

Nun zu den Grüßen von rundum. Ich habe mich gefreut, daß man in der Heimat meine Wenigkeit noch nicht vergessen hat. Grüße bitte alle wieder. Hoffentlich kannst Du von ihnen auch genügend zum Einkochen erben, damit Du den Keller mit Büchsen und Gläsern belegen kannst, denn sofern oder wenn ich mal auf Urlaub komme, dann bringe ich ja einen furchtbaren Appetit mit auf alles „Freß- und Saufbare". Ich esse jetzt alles!!! Sogar Milchreis. Und Makkaroni. Und Bratkartoffeln. Und Pudding. Schokolade. Und Klöße, Klöße!!! Und nicht zu vergessen der Hunger nach einer Menge Zigaretten. Kannst Du mir das nachfühlen?

Also gut, Bratkartoffeln hatte ich schon mal in der Pfanne, aber wie zuhause – nee, das macht Dir keiner nach! Wir haben uns hier auch schon manche Gans oder ein Huhn oder dergleichen organisiert, doch Heimatküche bleibt Heimatküche. Allerdings fragt unsereiner hier nicht viel, wo es herkommt und wie es schmeckt. Hauptsache, es füllt den Bauch. Aber genug davon, denn nun kriege ich richtig Appetit auf Eierkuchen. Und dann will mir meine

Karo-einfach mit Loreley-Kaffee überhaupt nicht mehr hinuntergehen. Also Schluß.

Gesundheitlich bin ich noch auf der Höhe. Wir befinden uns ein paar Kilometer südlich der alten Stellung und diesseits des Dons, der in sichtbarer Entfernung, aber unerreichbar für uns, fließt. Und wie nötig hätten wir sein Wasser! Man traut es sich gar nicht zu sagen, daß wir uns in über vier Wochen höchstens drei bis vier Mal gewaschen haben. Du kannst Dir vorstellen, wie unsere Wäsche bei diesem Steppendreck und dem Schweiß ...

So, mein Liebes, jetzt habe ich Dir mal ein bißchen die Ohren vollgejammert, aber denke nun nicht, daß ich die Schnauze voll habe, weil mich der Krieg von Euch trennt. Aber daß wir im verruchtesten aller Länder, in der größten Einöde liegen müssen, einem Feind gegenüber, der bar jeder Kultur ist (ich würde jetzt glatt in jedes Sinfoniekonzert mit Dir gehen!), das verbittert und das lasse ich diese Verbrecher auch spüren. Froh wollen wir alle sein, wenn dieser Feind zerschmettert ist. Und das wird er! Wir kommen als Sieger zurück! Bald. Mach Dir schon mal Gedanken, was zu Weihnachten auf den Tisch kommt. Und wenn Du willst, blase ich Dir Silvester die Neunte von Beethoven auf dem Kamm!

Liebe, herzliche, innige Grüße an Dich und die Kinder.

XI

Wenn ihre Eltern das Geld gehabt hätten, wäre sie in eine Musikschule gegangen. Ihr Lieblingsinstrument war das Klavier. Sie hätte es gern gelernt. Aber ihre Kindheit fiel in die Zeit der Inflation. Von dem Arbeitslohn, den man am Morgen ausbezahlt bekam, konnte man sich am Abend kaum noch ein Brot kaufen.

Es blieb ihr die Liebe zur Musik. Und fast, fast hätte es die Liebe zu einem Musiker gegeben. Aber das war später, Jahre nach dem Krieg. Und eigentlich eine traurige Geschichte.

Sie war auf dem Weg in die Stadt. Da hielt ein Lastauto. Der Fahrer machte ihr ein Zeichen. Sie dachte, er wolle sie nach einer Straße fragen. Auf die Plane war ein großer Konzertflügel gemalt. Vermutlich jemand, der Musikinstrumente transportiert, dachte sie.

Er wollte wissen, wo es einen Laden gibt, in dem man Sonnenschirme kaufen könne. Sie überlegte und beschrieb dem Fahrer dann, wie er dorthin gelangt. Er bedankte sich und fuhr davon.

Zwei Tage später hatte sie erneut in der Stadt zu tun. Als sie den Theaterplatz überqueren wollte, sah sie das Auto wieder. Der Fahrer war damit beschäftigt, einen großen Sonnenschirm aufzubauen und gegen den Wind zu sichern. Will der mitten auf dem Theaterplatz Pause machen? Und dann entdeckte sie das Instrument auf der Ladefläche, einen weißen Konzertflügel. Da blieb sie stehen, denn sie wollte wissen, was der Mann mit dem Sonnenschirm und dem Flügel vorhatte.

Die hintere Ladefläche war bereits ausgeklappt. Jetzt schob der Mann den Flügel heraus, sicherte ihn und ließ ihn mit Hubkraft langsam herab. Dann schob er ihn vorsichtig so unter den Sonnenschirm, dass ihn der Schatten bedeckte. Erst jetzt fiel ihr auf, dass der Mann tatsächlich mehr wie ein Konzertpianist aussah, als dass man ihn für einen Transportarbeiter halten konnte.

Einige Leute sahen hin, schüttelten erheitert oder zweifelnd den Kopf und gingen weiter. Li blieb stehen.

Da entdeckte er sie. „Hallo, die Frau, die mir den Weg zum Sonnenschirm gezeigt hat", begrüßte er sie.

„Was, was machen Sie hier?"

„Ich gebe ein Konzert."

„Auf der Straße?"

„Warum nicht?"

„Tanzmusik?"

„Nein, ein Konzert." Er lachte und sie wusste nicht, ob er sie auf den Arm nehmen wollte.

„Liszt?" Sie ging auf das Spiel ein.

Das schien ihn nicht aus der Fassung zu bringen. „Wie wäre es mit dem Klavierkonzert A-Dur, dem zweiten? *Adagio sostenuto assai,* danach die drei *Allegro,* das *Marziale* und schließlich das *Allegro animato?*"

Sie wurde trotz ihres Alters rot. Das war eines ihrer Lieblingskonzerte. Liszt ohnehin. „Ich nehme an, Sie holen auch das dazugehörige Orchester von ihrem Lkw?"

Er zeigte auf den Kassettenrekorder. „Wissen Sie was? Ich spiele jetzt. Aber nicht Liszt. Dafür ist die Stimmung nicht. Und anschließend gehen wir dort drüben einen Kaffee trinken. Einverstanden?"

Sie hätte ihm sagen müssen, dass sie gar keine Zeit habe, denn sie war in die Stadt gekommen, um Einkäufe zu erledigen. Aber sie setzte sich auf eine Bank am Rande des Platzes, schloss die Augen und stellte sich vor, sie säße in einem Konzertsaal. Sie nahm die Geräusche der Stadt nicht mehr wahr. Sie hörte nur noch die Musik. Und sie begriff sehr schnell, dass der Mann kein gewöhnlicher Straßenmusiker war, der sich das öffentliche Klavierspielen als Broterwerb ausgedacht hatte. Der Mann war ein begnadeter Pianist.

ANLAGE ZU OKW/WFST/ABT. L IV/QU
NR. 44822/41 G.K. CHEFS.

Richtlinie für die Behandlung politischer Kommissare.

Im Kampf gegen den Bolschewismus ist mit einem Verhalten des Feindes nach den Grundsätzen der Menschlichkeit oder des Völkerrechts nicht zu rechnen. Insbesondere ist von den politischen Kommissaren aller Art als den eigentlichen Trägern des Widerstands eine haßerfüllte, grausame und unmenschliche Behandlung unserer Gefangenen zu erwarten.

Die Truppe muß sich bewußt sein:

(1) In diesem Kampf ist Schonung und völkerrechtliche Rücksichtnahme diesen Elementen gegenüber falsch. Sie sind eine Gefahr für die eigene Sicherheit und die schnelle Befriedung der eroberten Gebiete.

(2) Die Urheber barbarisch asiatischer Kampfmethoden sind die politischen Kommissare. Gegen diese muß daher sofort und ohne Weiteres mit aller Schärfe vorgegangen werden.

Sie sind daher, wenn im Kampf oder Widerstand ergriffen, grundsätzlich sofort mit der Waffe zu erledigen.

Der sogenannte Kommissarbefehl (Auszug) wurde am 6. Juni 1941 kurz vor dem „Unternehmen Barbarossa" vom Oberkommando der Wehrmacht und dem Oberkommando des Heeres erlassen und an die Kommandeure nur mündlich weitergegeben.

Er spielte Ludwig van Beethovens „Mondscheinsonate". Sie erinnerte sich der Legende, dass Beethovens Liebe zur Gräfin Giulietta Guicciardi in dieser Musik eingefangen sei. War das eine Anspielung? Es schmeichelte ihr. Das von unbändigem Trotz und von gewaltiger Kraft bebende Finale, unerbittlich, schicksalsschwer. Ein Aufbäumen.

Sie saß noch wie gebannt, als er sie ansprach. „Und nun haben wir uns einen Kaffee verdient. Ich lade Sie ein." Das kleine Café befand sich in unmittelbarer Nähe. Er konnte, da sie draußen Platz genommen hatten, sein Instrument und den Sonnenschirm gut im Auge behalten.

Sie plauderten. Sie hätte nicht sagen können, worüber sie redeten. Eigentlich hatte sie nur eine Frage, aber sie wusste nicht, ob sie ihn damit verletzen würde. Sie wusste nicht einmal, warum sie so verunsichert und gleichzeitig so heiter sein konnte.

Plötzlich sagte er, noch immer mit diesem feinen Lächeln um die Augen, aber ernst: „Sie wollen wissen, warum ich auf der Straße spiele und nicht in einem großen Konzertsaal." Es war nicht einmal eine Frage. Es klang, als wolle er ihr eine traurige Liebesgeschichte erzählen.

„1942. Es war eine dieser martialischen Parteiveranstaltungen der Nazis. Die Elite des Reiches, allen voran der Führer Adolf Hitler, hatte sich eingefunden. Der Star des Abends war ich. Eine Auszeichnung, in *seiner* Gegenwart spielen zu dürfen. Ich habe mich so stolz gefühlt, so beschissen stolz ... Verstehen Sie das? Als wäre ich in den Adelsstand erhoben worden. *Ich* durfte für den *Führer* spielen!"

Am nächsten Tag das Bild in der Zeitung. Adolf Hitler drückt ihm die Hand. Der Führer persönlich! Das war ein wunderbares Gefühl gewesen. Heil Hitler! – hatte er gesagt. Und: Mein Führer! An diesem Morgen, noch bevor er die Zeitung mit dem Bild aufgeschlagen hatte, erfuhr er, dass sein alter Schulfreund, der Geiger Jakob Isaak Goldstein, von Nazis auf der Straße erschlagen worden war, just zu der Zeit, als er, der hoffnungsvolle Pianist, für den Führer und seine Leute gespielt hatte.

„Seither", sagte er leise zu Li, „betrete ich keinen Konzertsaal mehr. Ich habe dafür im Sinne des Wortes jedes Recht verspielt.

Während Millionen Menschen erschlagen, vergast und an der Front getötet wurden, habe ich für diesen Verbrecher und seine Bande Beethoven gespielt. Wie konnte ich so verbohrt, so fanatisiert, so gnadenlos dumm sein. Ich habe es nie begriffen."

Li schwieg. Sie dachte an Roberts Briefe.

Sie vermied es, in den nächsten Tagen über den Theaterplatz zu gehen. Sie sah ihn nie wieder.

Zu Hause legte sie sich die Platte auf. Beethoven. *Klaviersonate cis-moll op. 27.*

XII

Die Maschine setzt zur Landung an. In einem großen Bogen nähert sie sich dem Flugplatz von Wolgograd. Li weiß, dass sie an keiner Stadtrundfahrt teilnehmen wird. Sie will kein Museum sehen und keine Kirche. Ein Einkaufsbummel schon gar nicht. Deswegen ist sie nicht in diese Stadt gekommen.

Ein kurzes Rumpeln und Rucken, die Bremsgeräusche der Triebwerke. Beifall der Mitreisenden als Dank an die Crew. Sie sind angekommen. Die Maschine rollt aus. Noch sollen alle sitzen bleiben. Die Treppe wird herangefahren und angedockt. Li kann es sehen. Die Tür geht auf. Die Flugbegleiterinnen stehen bereit. Peter hilft ihr, das Handgepäck aus dem Fach zu nehmen. Sie bedankt sich. Sie muss sich abstützen am Handlauf der Gangway, ihre Beine zittern ein wenig; aber das Schwindelgefühl hat einen anderen Grund. Bisher war alles immer noch sehr fern von ihr. Jetzt ist sie in diesem Land, in dem Robert als Soldat gewesen ist.

In dieser Stadt war er nie. Sie weiß nicht, wie oft er noch geschrieben hat, ohne eine Möglichkeit zu finden, die Post abzuschicken. Der Brief vom 20. September 1942 war sein letztes Lebenszeichen. Eine Woche später hatte sie ihr drittes Kind zur Welt gebracht, wieder ein Sohn, dem sie den Namen ihres Mannes gab, der irgendwo in den fernen russischen Weiten „im Felde“ war, in einem Krieg, den sie schon lange nicht mehr verstand.

Auf der Treppe verharrt sie einen Moment und blickt sich um in der unsinnigen Hoffnung, irgendwo ein Birkenwäldchen zu erblicken. Aber es ist der Flugplatz von Wolgograd. Hier gibt es keine

...ngen – gruß beantworten ...
Deine Frage nach meinem B...
...nn ich das schon höre. Ich wi...
...lß nicht mehr, wie ein deuts...
...sieht, habe ja nur noch eine Sch...
davon. Aber – gut, ich will Dir ...

...r Bett schildern und auch ...
...nen soweit das meine "künstlerisch...
Die angegebenen Maße stimmen
...f den cm, denn sie sind geschä...
...tt vorschriftswidrig ist. Also, s...
einem hügeligen Steppengelände
auf einem Hügelabhang ein ...
...d gewachsen, etwa so 700 qm. In
...ben ein paar Landser Löcher gegra...
...atsplittern, die hier nicht selten
...ene Gäste sind, etwas geschützt
Hiiiiii!! Eines von diesen Löche...
und das ist mein Bett!!! Nun
...ng

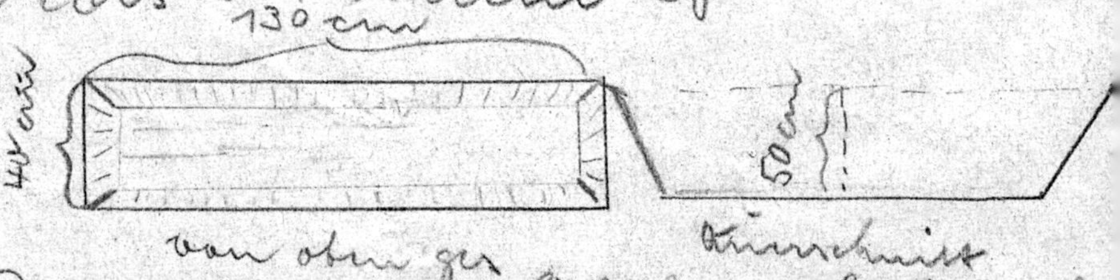

...s? Ist wohl ein bißchen klein f...
liege ich ja auch meist daneben

20. SEPTEMBER 42

Meine liebste, beste Li!

Herzlichen Dank für Deinen lieben Brief, den ich aber erst heute, zwei Wochen nach Erhalt, beantworten kann. Seit meinem letzten Brief hatten wir zwar einmal ganze fünf Tage „Ruhe", aber da wurden wir dermaßen mit allem Möglichen beschäftigt (sogar Ausbildung!!!), daß man noch weniger Zeit zum Schreiben hatte als sonst.

Seit dem 16. liegen wir wieder in Stellung, die wir voraussichtlich drei Wochen halten sollen, bevor es in die Winterstellung etwas weiter rückwärts geht. Oder wir werden erst einmal in eine größere Stadt verlegt, um uns renovieren zu lassen. Zeit wär's schon lange. Halte Deine Nase lieber nicht zu dicht an den Brief!

Gelacht habe ich bei Deiner Frage nach meinem Bett! Das sieht eher wie ein Beet aus. Aber keine Bange, Radieschen von unten betrachten ist nicht. Ich hatte zwar eine kleine Verwundung am Oberschenkel, Granatsplitter, doch das zahle ich dem Iwan bei passender Gelegenheit heim. Bloß Du sollst Dir keine Sorgen deswegen machen, die Sache ist schon fast vergessen. Zur Zeit beschäftigt mich eine kleine Magenverstimmung viel mehr und ich habe einen jämmerlichen „Durchmarsch" (keine Seltenheit bei uns!). Wegen dem Granatsplitter habe ich das Verwundetenabzeichen in schwarz erhalten, sodaß ich nun auch äußerlich eine Erinnerung an Rußland besitze. So hintenherum habe ich auch erfahren, daß man mich mit für das E.K. eingereicht hat. Aber noch ist nichts spruchreif. Verdient hätten wir es schon lange, vor allem bei unserem

Brückenkopf-Einsatz. Und wenn's noch nichts wird, ist das auch nicht so schlimm. Hauptsache, das eigene Kreuz ist noch ganz. Und da können wir Durchgekommenen von Glück reden. Von meinen alten Königsbrücker Leuten habe ich nur noch drei Mann. Na, es ist halt Krieg. Und wo gehobelt wird, fallen Späne! Ende der Durchsage zu diesem Thema.

Zwischendurch der Wetterbericht: Am Tage elende heiß und nachts ebenso kalt. Afrika! Ansonsten Sand und Steppe und Ebbe.

Ach so, mein Bett. Es ist allerdings etwas vorschriftswidrig. Also, stelle Dir vor: In einem hügeligen Steppengelände ist aus Versehen auf einem Abhang ein „niedliches" Laubwäldchen gewachsen, etwa 700 qm. In diesen Wald haben ein paar Landser Löcher gegraben, um vor Granatsplittern etwas geschützt zu sein. Bumm! Huiii! Eines von diesen Löcher ist mein. Und das ist mein Bett!!! Nun die Zechnung [40 cm breit, 130 cm lang, 50 cm tief]. Fein, was? Es gibt „gemütlichere" Betten, deshalb liege ich auch meistens daneben, nur wenn's prasselt, gehe ich in meine Heia.

Hätte ich bloß nichts gesagt! Es geht wieder los. Schluß für heute. Ich schreibe morgen weiter!

Bäume. Auch nicht Sand und Steppe. Eine riesige Betonfläche. Und da hat sie diese seltsame Vorstellung, auf eine gewaltige Grabplatte zu treten, unter der die Millionen Toten dieses Krieges liegen. Sie zögert, diese Fläche zu betreten, aber die Fluggäste hinter ihr drängen sie vorwärts. Also setzt sie vorsichtig den ersten Fuß auf russischen Boden.

Wieder fällt sie ein leichtes Schwindelgefühl an. Peter ist sofort an ihrer Seite und stützt sie. Das ist ein guter Junge. Vielleicht hätte sie Karl doch bitten sollen mitzukommen. Karl hätte die Zeit gehabt. Ihre beiden anderen Söhne hätten keinen Urlaub außer der Reihe bekommen. Sie konnten froh sein, noch ihren Job zu haben. Job, denkt sie, heißt das jetzt. Das ist etwas anderes als Arbeit. Es ist nicht nur ein Fremdwort –, es ist ein fremdes Wort für sie.

„Danke, Peter. Es geht schon wieder. Es ist das lange Sitzen in dem engen Flugzeug", erklärt sie ihm. Erklärt sie sich. Aber daran hat es nicht gelegen, weiß sie. Der Reiseleiter drängt zur Eile. Ein kleiner Bus bringt sie zur Abfertigungshalle. Die Pässe bereit halten! Zollerklärung. Immer schön beisammen bleiben!

Es riecht sehr streng in diesem mächtigen Gebäude, ein wenig wie in einer Schwimmhalle. Lange Warteschlangen an den Abfertigungshäuschen. Sie muss, als sie endlich an der Reihe ist, ein wenig nach oben schauen, um dem Uniformierten ins Gesicht sehen zu können. Er mustert sie, vergleicht mit dem Passbild, mustert sie erneut, blättert im Reisepass, verzieht keine Miene, sagt etwas auf Russisch, sie versteht nicht, das kümmert ihn nicht, er drückt einen Stempel in den Pass, er sagt wieder etwas, als spräche er mit einer Automatenstimme, reicht den Pass durch einen kleinen Spalt in seinem Fensterchen zurück. Das war's. Nein, Zollkontrolle. Zwei Frauen. Sie reden in ihrer Sprache auf sie ein. Li versteht nichts. Eine heftige Handbewegung. Weiter. Jetzt ist sie bei den anderen, die alle noch irgendwie betreten von der Prozedur herumstehen.

„Die mögen uns wohl nicht?", sagt Peter. „Das ist doch schon ein halbes Jahrhundert her."

Der Reiseleiter wiegelt ab. „Deutsche Beamte sind auch nicht immer ein Ausbund an Freundlichkeit." Aber er hat das schon oft erlebt. In den Reisedokumenten steht, wer der Veranstalter ist und weswegen diese Menschen hier sind. Keine gewöhnlichen Touristen, die kommen, um die Stadt zu sehen, um einzukaufen und die Menschen kennenzulernen, sondern Kriegerwitwen, deren Männer einst als Soldaten in dieses Land eingefallen sind. Es tut nichts zur Sache, dass die jungen Russen damals noch gar nicht gelebt haben. Sie leben in dieser Stadt. Wolgograd, vormals Stalingrad. Und die Geschichte lebt in ihnen fort.

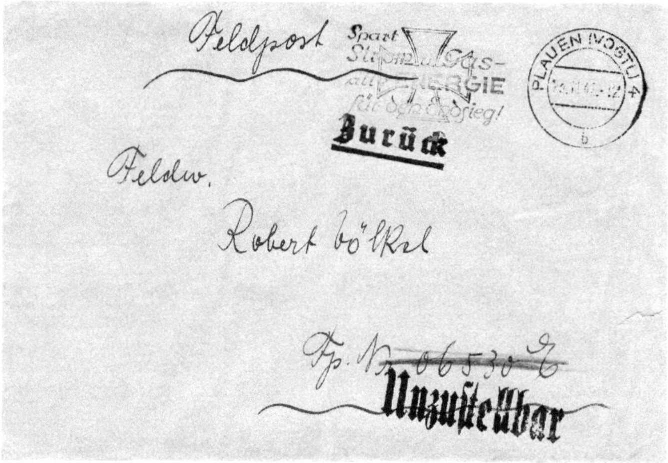

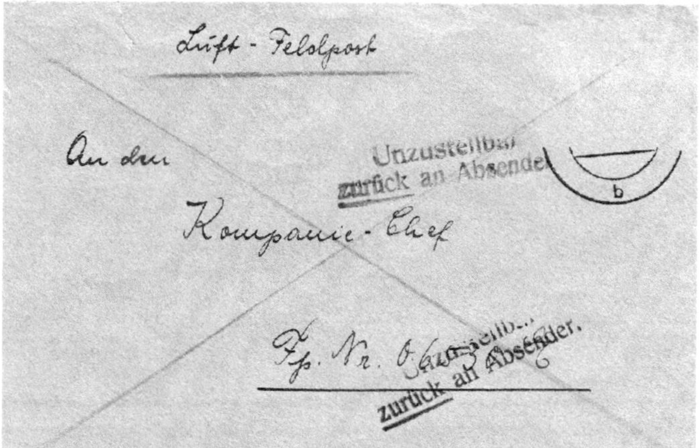

Die Briefe kamen mit dem Vermerk „Unzustellbar“ zurück, auch die verzweifelte Anfrage an den Kompaniechef blieb unbeantwortet. Es dauerte ein halbes Jahr, bis meine Mutter die offizielle Nachricht bekam, dass ihr Mann im heldenhaften Einsatz bei Mal Rossoschka gefallen war.

Li friert. Nicht wegen der Kälte. Es fröstelt sie vor Fremdheit. Vielleicht hätte ich mir das wirklich nicht antun sollen, denkt sie. Was erwarte ich? Was erwartet mich? Aber es bleibt keine Zeit zum Grübeln. Der Reiseleiter dirigiert sie durch die große Halle. Jetzt stehen sie an dem Band, auf dem die Koffer durchlaufen. Hoffentlich ist mein Gepäck dabei. Man hört das so oft. Die Maschine landet in A und der Koffer wird in B ausgeladen. Sie erkennt ihre Reisetasche. Karl, der viel gereist ist, als er noch Arbeit hatte, hat ein rotes Band um den Griff gewickelt. Sie greift zu. Es gibt keine Komplikationen, auch bei den anderen nicht.

„Und nun, meine Lieben, zum Bus!" Der Reiseleiter als Kindergärtner. Man spricht nicht mehr von älteren Leuten oder von den Alten. Es heißt Senioren. Das macht es nicht besser. Das macht es nur unpersönlicher. Irgendwie sind Senioren keine richtigen Menschen mehr. Man muss sie betreuen, altersgerecht behandeln, Rücksicht auf sie nehmen. Li hat es ihren Kindern ein wenig verübelt, als sie ihr einen Stock einreden wollten, eine Gehhilfe. So alt bin ich noch nicht!

Neben ihr im Bus sitzt Frau Bergheim. Ihr Gesicht ist blass und auf dem Hals hat sie Flecken von hektischer Röte.

„Ist Ihnen der Flug nicht bekommen?", fragt Li besorgt.

Die Frau schüttelt den Kopf und sagt leise, als hätte sie Angst, jemand könne eventuell mithören: „Diese Kontrolle. Das war ... Ist es Ihnen auch so ergangen? Aber das kennen Sie vielleicht noch von früher. Ich meine, irgendwie war das ja auch mehr Russland bei Ihnen drüben. Ich meine ..." Sie verheddert sich. Sie merkt, dass sie etwas gesagt hat, was man hier vielleicht gar nicht sagen darf. Und schon gar nicht zu dieser Frau. Die ist doch aus der ehemaligen DDR, also wie sagt man jetzt, eine aus den neuen Bundesländern. Man hat so viel gehört und gelesen in den letzten Jahren.

Li hat es sich längst abgewöhnt, verärgert oder erstaunt zu reagieren, wenn sie dergleichen hört. Einmal hat sie zu einer besonders aufdringlichen Dame aus Bayern gesagt: „Die meisten von uns können schon etwas Deutsch sprechen. Wie ist das eigentlich bei Ihnen in Bayern?"

„Ja", sagt sie, „ein bisschen komisch war mir auch bei der Kontrolle. Man hat nichts zu verbergen und fühlt sich dennoch wie ein Kind, das bei etwas Unerlaubtem entdeckt wurde."

Li denkt, sie zittern schon bei so einer läppischen Zollkontrolle, aber sie halten uns vor, dass wir uns vierzig Jahre nicht gewehrt haben.

Doch dann kehren ihre Gedanken wieder zu ihr selbst zurück und ihr scheint, sie bewege sich mit großer Geschwindigkeit in einen Tunnel hinein, in den Tunnel ihrer Erinnerungen.

13. NOVEMBER 1942

Meine lieber, guter Robert!

Nun habe ich bald ein schlechtes Gewissen, denn seit ein paar Tagen bin ich nicht zum Schreiben gekommen. Habe zurzeit drei kleine Patienten, die mich Tag und Nacht in Anspruch nehmen. Die vergangene Nacht war die schlimmste, da habe ich gleich durchgemacht, denn der Kleine hatte tüchtig Fieber und immer geweint und gehustet. Seit drei Tagen telefoniere ich nach einem Arzt (Kaserne). Heute abend war endlich einer da, und zwar derselbe, der Karl die Polypen entfernt hat. Kannst Dir denken, daß dem armen Jungen gleich das Herz in die Hose gerutscht ist. Ecki, der Tunichtgut, hat in einem unbeobachteten Moment das Hörrohr des Arztes untersucht. Den Kleinen hat sich der Arzt aber gar nicht richtig angesehen. Wahrscheinlich versteht er nichts von Kindern. Schließlich hat er mich doch an einen Kinderarzt überwiesen. Da muß ich morgen früh wieder raus in die Kaserne, einen Überwei-

sungsschein holen. Ich denke, es ist der Keuchhusten. Karli hustet und bricht das Essen wieder aus und hustet und erstickt fast dabei. Die anderen sind noch nicht so arg dran, aber ich fürchte, das ist nur noch eine Frage der Zeit.

14.11. – Hier ging es mit dem Schreiben gestern nicht mehr weiter. Ich war todmüde. Die Nacht haben wir irgendwie hingebracht, ein Bein im Bett, das andere schon wieder draußen. Heute früh war ich gleich in der Kaserne, wurde zu Dr. Vogel überwiesen, rief diesen aber zuvor an, wann ich mit den Keuchhustenkindern kommen könnte, denn die dürfen ja nicht in die Sprechstunde. Da erhielt ich die Auskunft, daß Dr. Vogel Sonnabend gar keine Sprechstunde hat, sondern Dienst im Lazarett. Da stand ich wieder auf mich allein gestellt da. Aber ich konnte doch nicht warten, denn wenn so ein kleines Kerlchen immerzu Fieber hat, und dann gleich alle drei auf einmal, wie soll ich da bis Montag warten können? Also habe ich wieder in der Kaserne angerufen. Die sagten, daß ich zu Dr. Eckert gehen solle. Aber die Kosten müßte ich dann selber tragen, da Dr. Eckert für Wehrmacht nicht zuständig ist. Aber da habe ich dem Unteroffizier am Telefon meine Meinung gesagt! Der kann ja auch nichts dafür, er muß sich an die Vorschriften halten. Aber Du glaubst ja nicht, wie wütend ich war in meiner Not. Mir blieb trotzdem nichts anderes übrig als zu Dr. Eckert zu gehen. Muß ich es eben bezahlen. Irgendwoher treibe ich das Geld schon auf. Der Arzt war sehr nett. Er hat mir Tropfen für die Kinder verschrieben (habe schon über zehn Mark für Tropfen, Tabletten und Tee ausgegeben), die ich endlich in der vierten Apotheke auch bekommen habe. Am Montag müssen wir wieder in die Kaserne.

Mein Liebster, nun habe ich Dir aber etwas vorgejammert. Du mußt Dir keine Sorgen machen, das sind eben die Kinderkrankheiten. Das dauert halt seine Zeit. Leider bist Du bei der ganzen Aufregung etwas in den Hintergrund geraten. Morgen schicke ich Dir ein Päckchen, enthaltend eine Dose mit selbstgebackenen Plätzchen und Zigaretten.

Mutter ist nach Töpen gefahren zur Kirmes. Da will sie sich mal wieder richtig sattessen. Und sie nimmt auf jeden Fall eine große Tasche mit, hat sie gesagt.

Es heißt, daß es bald für jede Familie etwas Rosinen und Mandeln geben wird, da kann ich mich an die Weihnachtsbäckerei machen.

15.11. – Jetzt schreibe ich schon den dritten Tag an diesem Brief. Aber gestern hat Karli wieder einen so schlimmen Hustenanfall bekommen, da mußte ich mich um ihn kümmern. Und die beiden anderen haben gleich mit eingestimmt. Jetzt ist es schon wieder kurz vor Mitternacht. Mutter hat mir noch schnell ihre Kirmesbeute hergebracht, etwas Speck, Butter und Mehl. Sie hat selber nur wenig bekommen und gibt davon auch noch das meiste für uns weg. Es ist wegen der Kinder, hat sie gesagt.

So, mein Liebster, ich will jetzt Schluß machen. Ein bissel Schlaf wird mir gut tun. Siegfried von der Töpener Herold hat sein Bein eingebüßt. Das muß ganz in Deiner Nähe gewesen sein.

Sei innig geküßt von Deiner Li und den Kindern

XIII

Während der Fahrt in die Stadt erklärt der Reiseleiter, was sie rechts und links sehen können. Sie sieht wenig. Es ist noch immer, als flössen ihre Gedanken und Empfindungen wie durch einen Trichter auf einen bestimmten Punkt hin.

Vater war nicht sonderlich begeistert gewesen. Er hätte lieber einen Schwiegersohn mit einem handfesten Beruf gehabt. Kaufmännischer Angestellter ohne Anstellung! Der wird nicht einmal einen Nagel gerade in die Wand schlagen können. Außerdem: Der Mann sollte wenigstens fünf Jahre älter sein als die Frau. Der Bursche, den sie zum Antrittsbesuch ins Haus brachte, war drei Jahre jünger. Wenn sie ihn aber liebt ... hatte Mutter gesagt. Ja, sie liebte ihn. Und sie bekam ein Kind von ihm. Das sagte sie den Eltern aber erst später, als sie gewiss sein konnte, dass er ihnen gefällt. Es muss gleich beim ersten Mal passiert sein. Li hatte, bevor sie Robert kennenlernte, wenig Erfahrung mit Männern gemacht. Eigentlich keine.

Sie war stets die Vorsichtige, die Zurückhaltende gewesen. Einer ihrer Lieblingssätze, den sie von ihrem Vater gelernt hatte, war der mit dem Spatz in der Hand und der Taube auf dem Dach. Sicherheit ging ihr über alles. So ist ihr Vater gewesen. Er hatte sein Geld zusammengehalten. Eisernes Sparen nannte man das. Gold gab ich für Eisen, hatte Mutter einmal gesagt und sich gleich darauf auf die Lippen gebissen, als könne sie das Wort ungesagt machen; denn der Vater war blass geworden und aus dem Zimmer gegangen. Er wusste, was er durch seinen Starrsinn angerichtet hatte. Aber es war geschehen und ließ sich nicht mehr umkehren.

Vater wollte nicht nur der angestellte Gutsinspektor bleiben. Sein lang gehegter Traum war es, ein eigenes großes Gehöft zu besitzen. Es mangelte nicht an Angeboten seinerzeit. Er wählte gründlich aus. Doch wenn er sich – endlich – für ein bestimmtes Objekt entschieden zu haben schien, zögerte er noch immer, rechnete nach, fand Bedenken, kleine nur, aber solange es nichts ganz Sicheres war, schob er die Entscheidung hinaus, bis es schließlich zu spät war und ein anderer zugeschlagen hatte. Oder war es, weil ihn die Vorstellung bedrängte, das ganze schöne und über viele Jahre angesparte Geld auf dem Konto wäre fort, freilich für den Kauf des Gutes eingesetzt, aber die schöne Zahl stünde nicht mehr im Sparbuch? Es war eine alte Angst in ihm, die sich auch auf seine Kinder übertragen hatte. Einmal hatte er sehr viel Geld verloren, als er glaubte, in einem Spiel das Mehrfache dafür gewinnen zu können. Darüber war nie geredet worden, schon gar nicht in Gegenwart der Kinder. Li hatte es irgendwie erfahren. Aber auch als schon erwachsene Tochter hätte sie nie gewagt, ihren Vater nach dem dunklen Geheimnis zu fragen. Es lag wie ein Fluch auf ihm.

Die Inflation kam wie eine verheerende Sturmflut über das Land. Das Geld auf dem Sparbuch war nichts mehr wert. Vater war auf einen Schlag so arm, dass er nicht einmal eine Stelle als Gutsinspektor angeboten bekam. Der stolze Mann wurde zum Knecht.

Li ist ihr Leben lang die Vorsichtige geblieben. Nur wenn es um die Kinder ging, handelte sie schnell und instinktiv sicher. Im Angesicht der Gefahr war sie eine Löwin, sonst eher die Sanfte. Am sichersten fühlte sie sich in vertrauter Umgebung und unter vertrauten Menschen. Sie suchte nie das Ungewöhnliche, das Fremde. Dass sie diese Reise unternommen hat, war eigentlich gegen ihre Natur. Sie wollte Gewissheit haben, endlich, nach den vielen Jahren. Ihre Kinder irrten sich, wenn sie meinten, es sei eine Strapaze für sie wegen ihres Alters. Sie fühlte sich stark für dieses Vorhaben. Sie wollte es sehen. Sein Name auf einer Tafel eingraviert oder in einen Stein eingemeißelt würde ihr die Ruhe geben, die sie brauchte, um selbst Abschied nehmen zu können von den vergänglichen Dingen der Welt. Sie hat das Alter, sagte sie sich oft genug.

Meine liebster Robert!

Habe schon lange keine Post mehr von Dir bekommen! Woran das wohl liegt? Das Weihnachtsfest rückt immer näher und damit auch die Zeit, wo Du, hoffe ich bestimmt, bald bei uns sein wirst. Ich denke immer, ich komme eines schönen Tages vom Spaziergang mit den Kindern heim und da müßtest Du auf dem Sofa liegen.

Liebster Papa, diesen Brief bekommst Du ja sowieso nicht mehr, weil die Wege sich kreuzen werden, aber trotzdem will ich das Schreiben nicht einstellen. Es hilft mir warten.

Am Sonnabend war ich mit den Kindern zum Bestrahlen mit Höhensonne draußen im Res. Laz. Die beiden Großen je 1 Min in Rücken- und Bauchlage, der Kleine je 1/2 Min. Am Montag muß ich wieder hin und dann vielleicht jeden 2. Tag. Vorgestern hat Karli das erste Mal durchgeschlafen und gestern Nacht kam er nur zweimal. Du glaubst ja nicht, wie froh ich darüber bin, hoffe ich doch, daß es bei ihm endlich besser wird. Gestern habe ich Löffler und Frau getroffen. Du sollst Dich doch dazuhalten mit Deinem Urlaub, denn am 18. 12. ist wieder Weihnachtsfeier. Windmeier ist auch schon da. Er hatte einen Bauchschuß. Hamann kommt in Kürze nach Afrika. Otto liegt noch im Laz. in Oldenburg. Mutter will ihn Weihnachten besuchen.

Liebster Papa, ich schreibe jetzt mal nichts weiter, denn ich bin nun einmal darauf eingestellt, daß Du bald kommst. Du kommst doch?!

In unbeschreiblicher Vorfreude darauf küsse ich Dich tausendmal.

Nun habe ich Dir schon fast eine Woche lang nicht geschrieben, weil ich jeden Tag dachte, Du würdest endlich kommen. Wenn Mutter kommt, sieht sie sich im Flur erst einmal gründlich um, ob nicht doch etwas an der Garderobe von Deinen Sachen hängt. Sie sagt auch, ich sollte nicht mehr schreiben, weil Du bestimmt schon auf der Heimreise bist. Und das ist ja so ein unvorstellbar weiter Weg. Die Züge fahren auch nicht normal. Vielleicht kommst Du heute mitten in der Nacht. Ach, wenn das wahr wäre!

Meine Sehnsucht steckt die Kinder an. Karli hat mir doch gestern erzählt, Du wärest gerade mal eine halbe Stunde hier gewesen, während ich einkaufen war. Er wollte mir eine Freude machen. Meine Tränen lasse ich die Kinder nicht sehen.

Die Bestrahlung für die Kinder mußten wir diese Woche abbrechen, weil im Lazarett gleichzeitig zwei Höhensonnen durchgebrannt waren und es keinen Ersatz gab. Hoffentlich kann es am Montag weitergehen, denn über den Berg sind alle drei noch nicht. Trotzdem entwickelt sich unser Jüngster sehr gut. Mit zwölf Wochen wog er genau zwölf Pfund, worüber ich mich sehr freue, denn ich stille ihn noch zu jeder Mahlzeit. Er ist ein ganz liebes Kerlchen und Dir wie aus dem Gesicht geschnitten. Und immer fröhlich. Das hat er vom Papa. Wenn man in den Wagen hineinguckt, lacht er stets.

Für unsere zwei Großen wollte ich gern einen Kindertisch und zwei Stühle dazu haben, ist aber nirgends aufzutreiben. Es heißt, daß alle Soldatenkinder Weihnachten Spielzeug bekommen sollen, das die Polizei, HJ, BDM usw.

gebastelt haben. Wirklich schöne Sachen, die überall in der Stadt ausgestellt sind.

Liebster Robert, wir haben seit Tagen das reinste Frühlingswetter. Wie sieht es denn drüben damit aus? Wenn ihr nur nicht so frieren müßt. Komm, beeile Dich, mein Liebster, hier ist es herrlich warm!

Von allen zuhause die innigsten Grüße!

Nur das eine wollte sie noch wissen: Dass Robert seinen Platz für die letzte Ruhe gefunden hatte.

„Die Menschen dieser Stadt", sagt der Reiseleiter, während sie sich dem Zentrum nähern, „waren geteilter Meinung wegen des deutschen Friedhofs. Das muss man verstehen. Immerhin, der Krieg damals. Es gibt wahrscheinlich kaum eine Familie in dieser Stadt, die nicht wenigstens einen Toten zu beklagen hätte. Aber nach den vielen Jahren ... Man sagt, die Zeit heilt alle Wunden, nicht wahr?"

Nicht alle, denkt Li. Nicht alle. Und wenn es die Narbe ist, die immer wieder daran erinnert. Die Verzweiflung, die Hoffnung wider alle Vernunft, die schlimmen Träume – nein, das hat nie ganz aufgehört.

XIV

Sie sitzt in diesem fremden Zimmer. In diesem fremden Hotel. In dieser fremden Stadt. Und sie kommt sich plötzlich selbst ganz fremd vor. Was tut sie hier? Was will sie in diesem Land, von dem einst gesagt worden ist, es sei das Land der Freunde? Es waren ihre Freunde nie, obwohl sie Mitglied der Gesellschaft für deutsch-sowjetische Freundschaft gewesen ist. Aber dort Mitglied zu sein war das geringere Übel. Partei kam für sie nicht infrage. Seltsam, welche Erinnerungen sie neuerdings heimsuchen an Ereignisse, die sie längst vergessen zu haben schien. Urplötzlich tauchen Bilder wieder auf von Vorgängen, die eigentlich ihre Bedeutung verloren hatten – falls sie je Bedeutung besessen haben sollten.

Irgendwo in ihren Unterlagen müsste sogar noch das Mitgliedsbuch liegen, die Marken fein säuberlich eingeklebt über die Jahre. Das Dokument konnte einen Sachverhalt nicht außer Kraft setzen. Ja, sie wusste, dass die deutsche Wehrmacht die Sowjetunion überfallen hatte. Ja, sie wusste, dass sich die anderen verteidigen mussten. Ja, sie wusste, dass sich Robert freiwillig an die Ostfront gemeldet hatte. Und sie wusste, dass er dort getötet worden war. Ein Kopfschuss, hieß es. Oder doch ein gezielter Schuss aus dem Hinterhalt? Oder doch ein qualvolles Sterben? Die unverbrüchliche Freundschaft mit der Sowjetunion, dem Lande Lenins und Stalins, dem ersten Arbeiter- und Bauernstaat – sie hat es gesagt, wenn sie es sagen musste, sie hat es ins Brigadetagebuch geschrieben, wenn sie damit beauftragt worden war. Empfunden hat sie nie etwas anderes als eine dumpfe Leere, weil der Mann, den sie geliebt hat, in diesem

Land umgekommen war. Hatten die Kinder vielleicht doch recht, denkt sie, als sie mir von der Reise abgeraten haben? Bricht nicht alles an Erinnerung und Verzweiflung wieder hervor, womit sie über die Jahre umzugehen gelernt hatte? Nein, nicht verdrängt, nicht einmal verarbeitet hat sie die schlimmen Jahre. Die Zeit heilt nicht alle Wunden. Manchmal täuscht die Narbe Heilung nur vor.

Li tritt ans Fenster. Sie müsste eigentlich nach unten gehen, wo sich die Gruppe zu einem Informationsgespräch versammelt. Aber sie will das nicht. Vielleicht ist sie ungerecht, wenn sie das Gefühl nicht loswerden kann, das ganze Unternehmen sei, mühsam als nachgeholte Trauerfeier getarnt, in Wahrheit nur ein Geschäft mit den Hinterbliebenen, ein besonderer Dreh, den sich ein Reisebüro ausgedacht hatte, um zahlungskräftige Kunden nach Wolgograd zu kutschieren.

Ein riesiger Friedhof, auf dem die Gebeine von mehr als 50 000 gefallenen feindlichen Soldaten ihre letzte Ruhestätte gefunden haben – mussten das die Russen nicht doch als eine nachträgliche Verhöhnung ihrer eigenen, Millionen zählenden Toten jenes Krieges empfinden? Wo waren eigentlich die Soldatenfriedhöfe der Roten Armee? Der Reiseleiter hatte auf der Fahrt in die Stadt erzählt, dass erst mit dem Geld, das aus Deutschland geflossen ist und gewissermaßen zur Besänftigung vieler protestierender Russen, gegenüber dem deutschen Friedhof ein zweiter errichtet worden war, deutlich bescheidener ausfallend, für die Gefallenen des Großen Vaterländischen Krieges.

War es klug, dass sie diese Reise unternommen hatte? War es vernünftig, dass sie ein halbes Jahrhundert später das Grab ihres Mannes sehen wollte?

Li blickt noch immer aus dem Fenster ihres Hotels. Sie sieht auf die Stadt, der Bahnhof keine 500 Meter entfernt. Und wenn ich mich einfach in den nächsten Zug setze, um wieder nach Hause zu fahren?

Es klopft an ihre Tür. Sie öffnet. Der Reiseleiter steht vor ihr. „Darf ich eintreten, Frau Thal?“

Sie nickt. Sie sagt: „Sind die anderen noch unten im Foyer? Ich wäre schon noch gekommen.“ Das entspricht nicht der Wahrheit.

Meine lieber, guter Robert!

So lange wie diesmal habe ich noch nicht auf Post von Dir gewartet und die Angst und die Unruhe lassen mich gar nicht mehr los. Hoffte, die letzten Tage wenigstens mal wieder Luftpost zu erhalten, aber auch das nicht. Oder sind Briefe von Dir verlorengegangen?

Nun wird wohl doch nichts aus Deinem Weihnachtsurlaub. Und wie sehr haben wir uns alle darauf gefreut! Nun ist die Enttäuschung umso größer. Ich weiß gar nicht, was ich den Kindern noch erzählen und womit ich sie auf andere Gedanken bringen soll.

Morgen früh will ich gleich mal nach einem Kindertisch und den Stühlen gehen, die gestern in der Zeitung standen. Vielleicht habe ich Glück. Dann muß ich noch auf den Altmarkt, da ist eine Spielzeugausstellung. Man soll für jedes Kind ein Weihnachtsgeschenk bekommen. Es gibt aber auch überhaupt nichts zu kaufen. Karl hat zwar im Kindergarten eine kleine Trompete bekommen, aber die war nach zwei Stunden schon kaputt. Das Zeug taugt überhaupt nichts mehr. Ich hatte sogar einen Weihnachtskalender aufgetrieben. Aber unser Ecki hat alle Fenster geöffnet und durchgebohrt. Das ist ein richtiger Tunichtgut! Beinahe hätte er uns auch noch die Stollen verdorben. Während ich die Zutaten aus Tüten und Schüsseln in das Mehl schütte, kommt er doch von hinten und will das Seifenpulver darüber kippen. Ein Glück, daß er das Pulver vorher schon in den Kohlenkasten entleert hatte. Er ist ja ein lustiges Kerlchen, aber aufpassen muß man auf ihn wie ein Schießhund.

Unser Kleiner macht sich trotz des Hustens recht gut. Er hat zwar noch immer seine Anfällen, lacht aber gleich wieder, wenn alles vorbei ist. Leider ist das Speiseöl alle, mit dem ich ihm die Brust eingerieben habe, um den Husten zu lockern, und nirgendwo sind auch nur ein paar Tropfen aufzutreiben.

„Nein", sagt er. „Jetzt ist erst einmal Freizeit. Einige wollen sich von der Reise erholen. Einige möchten shoppen gehen. Wir treffen uns zum gemeinsamen Abendessen, neunzehn Uhr, Frau Thal." Und er sagt noch: „Ich glaube, ich kann Sie verstehen. Wissen Sie, wir sind in Freiheit aufgewachsen. Deutschland war nicht von den Russen besetzt und niemand hat uns mit Mauer, Stacheldraht und Panzer eingesperrt. Keine Partei und keine Regierung und auch sonst keiner hat uns gezwungen, nach einer fremden Pfeife zu tanzen. Es ist ja nicht nur so, dass Ihr Mann hier getötet worden ist – ja", er winkt ihren möglichen Einwand ab, „es war nicht rechtens, diesen Krieg zu führen. Aber glauben Sie nicht auch, dass Deutschland den Russen nur zuvorgekommen ist? Was heißt Schuld und Unschuld. Es war Krieg. Den hat der kleine Mann noch nie vom Zaun gebrochen. Ich denke manchmal, dass es ihnen, also den Leuten im Osten, wie eine Verlängerung des Krieges vorgekommen sein muss, auf Schritt und Tritt im eigenen Land unter fremdem Befehl zu stehen. Denn ob sie nun Ulbricht oder Honecker oder sonst wie hießen – es waren doch nur Marionetten. Die Fäden hatten andere in der Hand, in Moskau." Seine Stimme senkt sich. Er klingt wie ein Pfarrer, der Trost spenden will. Er meint es gewiss ganz ehrlich. Aber selten hat ein Mensch so an ihr vorbeigeredet.

„Wer weiß, was Sie alles haben durchmachen müssen. Unsereiner hat ja keine Ahnung. Aber was man so aus der Zeitung kennt ..."

20. DEZEMBER 1942

Und auch heute keine Post. Da kann doch etwas nicht stimmen! Überall hört man, daß um Stalingrad wieder heftige Kämpfe ausgebrochen sind, da kann es ja sein, daß es mit der Post nicht so richtig klappt. Jedenfalls rede ich mir das immer wieder ein, weil ich den Gedanken an eine andere Möglichkeit nicht aufkommen lassen will.

In vier Tagen ist Weihnachten. Das wird viele heimliche Tränen geben. Ein Glück, daß ich den Kindertisch und die Stühlchen ergattern konnte. Die Sachen müßten zwar neu gestrichen werden, aber Farbe ist natürlich nirgendwo aufzutreiben. Und gegen Eckis Forscherdrang werden die Möbel auch gefeit sein, denn sie sind aus hartem Holz.

Mein Liebster, nun hast Du nicht einmal ein Päckchen mit Stollen. Mit Zigaretten wirst Du sehr knapp dran sein, denn zur Zeit dürfen gar keine Pakete geschickt werden.

Liebster Robert, ich will mit den Kindern noch ein wenig an die frische Luft. Vielleicht sitzt Du auf dem Sofa, wenn wir wieder nach Hause kommen. Das wäre ein Weihnachten!

Viele innige Grüße von uns allen!

Sie denkt: Er kennt nur diese eine Zeitung. Und sie sagt: „Ach, wissen Sie, gelebt haben wir auch."

Er sieht sie nicht direkt an. „Sie waren Direktor von so einem Betrieb, steht in den Unterlagen."

Welche Unterlagen? – denkt sie.

„Dann mussten Sie bestimmt auch in die Partei eintreten." Wieder geht der Blick an ihr vorbei.

Li fragt verletzt: „Wenn Sie in der DDR aufgewachsen wären, was wären Sie geworden? Instrukteur der SED-Kreisleitung?"

Der Mann zuckt leicht mit den Mundwinkeln. „Wir sehen uns beim Abendbrot, Frau Thal. Erholen Sie sich erst einmal von dem langen Flug. Und entschuldigen Sie die Störung." Er geht. Die Tür fällt kaum hörbar ins Schloss.

Li sagt leise: „Entschuldigung." Das kann er nicht mehr hören. Sie war ungerecht. Das ärgert sie. Er kann nicht wissen, wie das gewesen ist. Was wäre ich denn geworden, wenn ich dort gelebt hätte, wo er zu Hause ist?

25. DEZEMBER 1942

Nun mußten wir das Weihnachtsfest ohne Dich begehen. Heute ist der 1. Feiertag. Ich habe die Hoffnung aufgegeben, daß Du doch noch irgendwie kommen könntest in diesem Jahr. Wenn ich wenigstens ein Lebenszeichen von Dir hätte! Das lange Warten, die Unruhe und die Angst machen mich noch krank. Und die Kinder dürfen nichts davon merken. „Mutti, sing mal Lied!", sagt Ecki immer wieder. Am verlassensten fühlte ich mich gestern am Heiligen Abend, nachdem die Kinder im Bett waren. Die halbe Nacht habe ich um Dich geweint. Warum bekomme ich keine Post von Dir? Und wenn es nur eine klitzekleine Zeile wäre.

Und ich traue mich gar nicht zu fragen, wie Dir Heiligabend ums Herz war. Wenn Du nur wenigstens Ruhe vor dem Feind hattest, eine warme Unterkunft und etwas im Magen. Ich befürchte, daß keines meiner Päckchen bei Dir angekommen ist.

Karli war enttäuscht, als er in die Weihnachtsstube kam. Er war überzeugt, der Weihnachtsmann bringt Dich mit. Mich wundert, wie vernünftig er mit seinen vier Jahren ist. Ich rede manchmal wie mit einem Erwachsenen mit ihm. Und dann guckt er mich an, als ob er alles ganz genau verstehen würde, was ich sage.

Hier wird ja allerhand vermutet, wie es bei Euch drüben aussieht. Wenn ihr nur alles gut übersteht! Wie ist es denn mit Kälte und Schnee? Wir haben ja leider keine Flocke gesehen zu Weihnachten. Und kalt ist es auch nicht, was sein Gutes hat, denn mit Brennmaterial sind wir nicht gerade gesegnet.

Liebster Robert, nach der großen Enttäuschung hoffe ich nun wieder auf ein Neues. Aber diesmal muß es bestimmt werden mit Urlaub. Du hast ja noch nicht einmal Deinen Jüngsten gesehen!

Kommt übermorgen Post? Oder wenigstens noch in den letzten Stunden dieses zu Ende gehenden Jahres? Von Herzen wünsche ich Dir, daß es Dir nicht allzu schlecht geht und vor allem, daß Du gesund bist und bald nach Hause kommen kannst.

Die Briefträgerin gibt schon alle Post unten im Haus ab, weil sie sich nicht mehr hoch zu mir traut. Weihnachten hatte ich keinen Besuch und war auch nirgends. Nur die Kinder und ich. Ich hätte auch nicht gewußt, worüber ich mit wem sprechen soll. Ich warte so sehr. Wieviel Sehnsucht und Angst kann ein Mensch ertragen?

Ich umarme Dich!

XV

Li spürt einen unangenehmen Druck auf der Brust. Das Fenster lässt sich nicht öffnen. Sie beschließt, ein wenig zu laufen, vielleicht doch zum Bahnhof. Sie weiß, dass sie nicht einfach zurückfahren kann.

Am Ende des Flures sitzt die Diensthabende hinter ihrem mächtigen Schreibtisch. Bei ihr kann man sich ein Glas Tee holen. Der Samowar köchelt leise vor sich hin. Auf jeder Etage sitzt eine solche *Deshurnaja* in einer halbwegs militärischen Uniform. Sie geben sich nicht einmal die Mühe, nett zu sein. Dafür sind sie nicht da. Dennoch nickt ihr Li freundlich zu und sagt: „Der Fahrstuhl, links?" Sie weiß, wo der Fahrstuhl ist.

Das Gefährt rattert aufwärts. Die Tür öffnet sich. Fast rennt Peter sie um. „Ah, Frau Thal! Geht es Ihnen wieder besser?"

„Ja", sagt sie schnell. „Der Flug. Man ist eben nicht mehr die Jüngste."

Er hält die Tür zum Lift offen. „Wenn Sie einen Spaziergang machen wollen, gleich um die Ecke ist ein großes Souveniergeschäft. Die haben herrliche Holzsachen hier, wenn auch mächtig teuer."

„Danke für den Tipp, Peter." Sie steigt in den Fahrstuhl und fährt nach unten. Netter Junge, denkt sie. Im Foyer hängt ein großer Stadtplan, zu ihrem Glück nicht mit kyrillischen Schriftzeichen. Auf dem Lyzeum hat sie einmal Englisch gelernt. Da ist manche Vokabel im Gedächtnis geblieben. Sie erkennt an der Markierung, wo sich das Hotel befindet. Dann entdeckt sie den Bahnhof und beginnt sich zu orientieren. Sie mag nicht in einer fremden Stadt sein, ohne nicht wenigstens eine annähernde Vorstellung zu haben, wo sie sich befindet.

Da spricht sie ein Mann an. „Du kommen aus Deutschland?“

Sie nickt. Er gefällt ihr nicht. Er hat getrunken.

„Ist scheenes Land. Ist reiches Land.“

Sie reagiert nicht.

Da holt er einen Gegenstand aus seiner Tasche und zeigt ihn ihr möglichst unauffällig. Es ist ein Eisernes Kreuz. Li erschrickt.

„Ich drei Kinder. Sehr krank. Du kaufen. Nicht teuer.“

Li wendet sich ab.

Er bleibt an ihrer Seite und holt eine Blechmarke hervor, wie sie alle deutschen Soldaten zur Identifizierung trugen. „Drei Deutschmark. Nicht teuer, Frau. Ich keine Arbeit.“ Hilflos sieht sie sich um. Eine Frau an der Rezeption hat den Vorgang beobachtet. Als sie Lis unsicheren Blick entdeckt, kommt sie schnell herbei und packt den Kerl am Kragen. Ihre Augen blitzen böse. Der Bursche trollt sich. Die junge Frau bittet um Entschuldigung. „Sie sind wie die Schmeißfliegen“, sagt sie verärgert. Sie spricht deutsch.

„Danke“, sagt Li.

„Darf ich Ihnen ein Glas Tee bringen?“ Die junge Frau bietet Li einen bequemen Sessel an. „Sekunde, sofort.“

Li wundert sich ein wenig über die freundliche Hotelangestellte, zumal sie noch die unangenehme Annäherung des alkoholisierten Händlers spürt. Woher haben die solche Erinnerungsstücke, wenn nicht aus den Gräbern gefallener Soldaten?

Die junge Frau kommt mit einem Glas Tee zurück, der angenehm duftet. „Gestatten Sie, dass ich mich ein wenig zu Ihnen setze?“

Li nickt und bedankt sich für den Tee.

„Es gibt schlechte Menschen“, sagt die junge Frau. „Man weiß nicht, woher die das alles noch haben. Wahrscheinlich sind es Fälschungen. Als es noch nicht den großen Friedhof gab …“

„Den in Mal Rossoschka?“

„Ja. Inzwischen gibt es noch viele andere in Russland. Wissen Sie, man schämt sich für solche Landsleute. Und die tun das auch nicht aus Armut. Es ist ein Gewerbe, das immer noch viel Geld bringt. Widerlich.“

WEHRKREISKOMMANDO XV

AZ: P1/V64738 FÜRS. U. VERS.

DRESDEN, 25. OKTOBER 1943

NEUSTÄDTER MARKT 14 (BLOCKHAUS)

Dem Herrn Befehlshaber und Kommandierenden General stehen Mittel für zusätzliche Hilfen an Waisen von gefallenen oder an einer Wehrdienstbeschädigung (WDB) verstorbenen Berufssoldaten (Offiziere und Unteroffiziere) und aktive Wehrmachtsbeamte zur Verfügung. In erster Linie sollen solche Waisen bedacht werden, die später die Absicht haben, Berufssoldat (Offizier oder Unteroffizier) oder Wehrmachtsbeamter zu werden. Aber auch Mädchen und noch kleinere Kinder können bedacht werden, um diesen eine Rücklage für die spätere Entscheidung einer entsprechenden Berufsausbildung zu erleichtern.

Sie werden gebeten, recht bald der obenbezeichneten Dienststelle etwa geplante Berufsabsichten mitzuteilen. Annehmbar wird der für Führer und Vaterland Gefallene oder Verstorbene mit Ihnen über die Zukunft der Kinder gesprochen haben.

Für das Wehrkreiskommando
Im Auftrage: (Unterschrift) Oberst

„Es gibt überall schlechte Menschen.“ Li hat das Bedürfnis, die junge Frau zu trösten. „Sie sprechen sehr gut Deutsch. Wo haben Sie das gelernt?“

„Nun, erst in der Schule, dann an der Universität. Eigentlich bin ich Lehrerin für deutsche Sprache. Aber es gibt wenig Arbeit. Nun, an der Rezeption eines Hotels zu stehen, ist auch sehr interessant.“

PLAUEN, SILVESTER 1942

Mein lieber, guter Robert!

Noch 3 Stunden sind es bis zum Neuen Jahr, in das ich diesmal hinüberschlafen will, das ist das beste Mittel, die wehmütige Stimmung in mir zu unterdrücken. Aber dann auf ein Neues! Mit neuer, starker Hoffnung und fester Zuversicht auf einen baldigen Frieden. Es muß werden!

Martel kam heute freudestrahlend zu mir. Sie hat Post von Paul bekommen. Sein letzter Brief war vom 30. Oktober. Nun werde ich bestimmt auch bald an der Reihe sein, und das wäre der schönste Neujahrsanfang für mich.

Mein lieber, guter Robert, gehe auch Du ins Neue Jahr mit dem festen Glauben an einen baldigen Sieg und ein gesundes Wiedersehen, dann wirst Du uns auch erhalten bleiben!!!

Li hat das Gefühl, die junge Frau kümmert sich nicht so sehr als Hotelangestellte um sie, sondern hat einen anderen Grund, sich ihr zu nähern.

„Ich würde mich gern ein wenig mit Ihnen unterhalten. Wäre das möglich? In zehn Minuten habe ich Dienstschluss. Würden Sie den Moment warten? Ich heiße übrigens Irina Andrejewna."

„Sehr angenehm." Li nennt ihren Namen, aber den scheint Irina Andrejewna bereits zu wissen. Wahrscheinlich aus den Unterlagen, die der Reiseleiter für sie alle abgegeben hat. „Lassen Sie sich ruhig Zeit, ich trinke meinen Tee. Der schmeckt übrigens ausgezeichnet."

Plauen, Silvester 1942

Mein lieber, guter Robert!

Noch 3 Stunden sind es bis zum Neuen Jahr, in das ich diesmal hinüber schlafen will, das ist das beste Mittel, die wehmütige Stimmung in mir zu unterdrücken. Aber dann auf ein Neues! Mit neuer, starker Hoffnung und fester Zuversicht auf einen baldigen Frieden, dann muß es doch mal mit werden!
Martel kam heute freudestrahlend zu mir, sie haben Post von Paul bekommen, seine letzte war vom 30.10.42. Nun werde ich bestimmt auch bald mal an der Reihe sein, und das wäre der schönste Neujahrsanfang für mich.
Mein lieber, guter Robert, gehe auch Du ins Neue Jahr mit dem festen Glauben an einen baldigen Sieg und ein gesundes Wiedersehen dann wirst Du uns auch erhalten bleiben!

1.1943 0⁰⁰
Mein lieber Robert, nun bin ich doch aufgeblieben u. habe mir die Übertragung durchs Radio angehört. Und als die 12. Stunde ausgeschlagen hatte und die Glocken zu läuten anfingen, da habe ich richtig aufgeatmet, daß das alte Jahr nun der Vergangenheit angehört. Nun gehe ich noch zu den Kindern ans Bett, ich habe Ihnen viel zu danken, denn sie haben mir über manche schwere Stunde hinweggeholfen und mir viel Freude in den Tagen ohne Dich Guten gebracht.
Innigst grüßt u. küßt Dich
Deine Lini u. Kinder.

Mein lieber Robert, nun bin ich doch aufgeblieben und habe mir die Übertragung durchs Radio angehört. Und als die zwölfte Stunde ausgeschlagen hatte und die Glocken zu läuten anfingen, da habe ich richtig aufgeatmet, daß das alte Jahr nun der Vergangenheit angehört. Jetzt gehe ich noch zu den Kindern ans Bett. Ich habe ihnen viel zu danken, denn sie haben mir über manche schwere Stunde hinweggeholfen und mir viel Freude in den Tagen ohne Dich Guten gebracht.

Innigst grüßt und küßt Dich Deine Li und die Kinder

Irina legt ihren Arm auf Lis rechte Hand. „Zehn Minuten, ja?" Mit einem freundlichen Lächeln geht sie wieder zurück zur Rezeption.

Der Tee schmeckt wirklich ausgezeichnet. Die Wärme tut ihr gut. Sie hilft gegen die innere Kälte, die sie seit ihrer Ankunft in Wolgograd empfindet. Irina Andrejewna, spricht Li den Namen leise vor sich hin, um ihn sich besser merken zu können. Irina heißt Frieden. Ein schöner Name für diese Frau. Für diese Stadt.

Was wäre eigentlich geworden, wenn Deutschland den Krieg gewonnen hätte?

XVI

Irina Andrejewna kommt an ihren Tisch. „Nun, wir können."

Li sieht sie verunsichert an. „Was können wir?"

„Ich habe ein kleines Auto. Mit dem fahre ich jetzt nach Rossoschka. Ich würde Sie gern mitnehmen."

Li versteht noch immer nicht. „Wir fahren morgen früh, hat der Reiseleiter gesagt. Die ganze Gruppe."

Irina blickt sie gerade an. „Wollen Sie wirklich mit der Reisegruppe wie eine, nun, eine Touristin nach Rossoschka?"

Li ist überrascht. Und sie sagt: „Nein. Das will ich eigentlich nicht. Woher wissen Sie das?"

Die junge Frau hat ein sehr feines, ein unwiderstehliches Lächeln. „Ich habe es gesehen. Vorhin. Was glauben Sie, wie oft ich beobachten muss, dass deutsche Touristen so einen Schrott kaufen. Kommen Sie, wir haben im Auto Zeit, um uns zu unterhalten." Sie reicht Li die Hand. Li lässt sich beim Aufstehen helfen. „Aber, was sage ich … muss ich mich nicht abmelden bei meinem Reiseleiter?"

Irina schüttelt verneinend den Kopf. Sie hakt sich einfach unter und führt Li aus dem Hotel, als wären sie verabredet gewesen.

Es ist wirklich nur ein kleines Auto. Aber Li denkt darüber nicht nach. Noch kommt es ihr vor, als wäre sie in einem Film oder sie träume das alles nur. Irina fährt vom Hof des Hotels und lenkt ihr Auto geschickt durch den regen Verkehr. Sie sprechen zunächst wenig. Als die Straßen etwas leerer werden, fängt Irina an zu erzählen. „Ich hatte eine Großmutter. Sie ist vor einigen Jahren gestorben."

„Sie haben sie sehr geliebt?"

„Ja. Sie war eine wunderbare Frau. Sie erinnern mich an Babuschka. Schon als Sie eingecheckt haben heute Vormittag, sind Sie mir aufgefallen. Und noch etwas ist mir aufgefallen. Sie sind irgendwie anders als Ihre Mitreisenden. Irgendwie ... nun, wie soll ich sagen? Irgendwie vorsichtiger. Nicht so laut eben. Ich weiß, warum Sie hier sind."

„1942 ist mein Mann bei Mal Rossoschka gefallen. Es heißt, er soll auf dem großen Soldatenfriedhof liegen und sein Name sei in Granit eingemeißelt."

„Ich bringe Sie hin."

Li kann sich noch immer nicht erklären, warum die junge Frau mit ihr zum Soldatenfriedhof fahren will. Die Ähnlichkeit mit der Großmutter allein wird es kaum sein. Sie weiß nur, dass in unmittelbarer Nähe zum deutschen Soldatenfriedhof auch russische Gefallene ihre letzte Ruhestätte gefunden haben. „War Ihre Großmutter – aber nein, dann können Sie sie gar nicht gekannt haben. Vielleicht liegt Ihr Großvater dort?"

Irina schüttelt den Kopf. „Babuschka hat einen Ehrenplatz auf dem Soldatenfriedhof unserer Gefallenen gefunden. Das war ihr einziger und ihr letzter Wille. Ich weiß nicht, ob es den russischen Friedhof in Rossoschka überhaupt ohne sie gäbe."

Und dann erzählt sie. Ohne Zorn. Ohne Eifer. Fast normal. „In Wolgograd leben etwa eine Million Menschen, darunter nahezu 50000 Flüchtlinge aus dem Kaukasus. Den Menschen hier geht es nicht besser als allen anderen Menschen Russlands. Das werden Sie sehen, wenn Sie morgen durch die Stadt fahren. Das Traktorenwerk, die Geschützfabrik, die Großgießerei – die meisten Betriebe arbeiten nur stundenweise. Die Wolgaschiffer streiken. Die Getreidesilos sind leer. Man musste, um den Veteranen des Großen Vaterländischen Krieges zu ihrer Jubiläumsfeier Lebensmittel zukommen zu lassen, private Spender um Hilfe bitten."

Als bekannt wurde, dass die Deutschen einen großen Friedhof für ihre gefallenen Soldaten anlegen wollen, nur eine halbe Autostunde von Wolgograd entfernt, haben das viele Menschen nicht verstehen können. Es gab heftigen Widerstand. Das sei eine „Schändung unserer heiligen Stalingrader Erde", wenn nun jenen ein Denkmal gesetzt werden solle, die als Verbrecher in unser Land eingefallen und Schuld an allem Elend sind.

Irina gibt sich Mühe, keine Bitternis anklingen zu lassen, um Li nicht zu verletzen. Aber sie begreift, wie viel Zorn noch immer in den Menschen dieses Landes brennt. Den Deutschen, die ihr Land angegriffen haben und die sie, die Überfallenen, in einem Millionen und Abermillionen Tote kostenden Krieg besiegten, denen geht es gut, sogar sehr gut. Sie haben so viel Geld, dass sie sich einen protzigen Friedhof ausgerechnet dort leisten können, wo sie am schlimmsten gewütet haben.

„Man kann nicht alles auf den Krieg schieben. Das ist länger als ein halbes Jahrhundert her. Aber es ist so bequem, alles auf den Krieg zu schieben und auf die Deutschen." – Das klingt bitter, weil es wahr ist.

„Früher hat sich kaum jemand für unsere Toten interessiert. Wir dachten, sie seien auf dem Mamajew-Hügel über dem Wolga-Ufer begraben. Aber dort liegt niemand. Stalin hat das verboten, um zu verheimlichen, wie viele gefallen sind. Nicht einmal in der Steppe gibt es irgendwelche Gräber für unsere Toten. Und wenn, sind die von üblen Gestalten geplündert und die Fundstücke zu Geld gemacht worden, am liebsten zu Deutschmark. Warum kaufen Deutsche so etwas?" Die Frage war eigentlich nicht an Li gerichtet.

„Meine Großmutter war Lehrerin in Stepnoi. Das ist ein kleines Dorf, gar nicht weit von hier. Zwölf Jahre lang hat sie mit ihren Schülern nach gefallenen Soldaten der Roten Armee gesucht. Sie haben mehr als fünftausend Gräber gefunden. Doch wohin mit den Gebeinen, woher Geld für Särge? Babuschka hat um jeden Platz auf einem Friedhof in der Umgebung gekämpft. Sie wurde nie müde, sie hat nie aufgegeben. Sie hat ihre Pflichten als Lehrerin vernachlässigt, um ihre selbstgestellte Aufgabe zu erfüllen. Sie wurde schließlich aus dem Schuldienst entlassen. Sie wurde von den Behörden beargwöhnt und behindert und mehrfach vom KGB verhört. Die Menschen, die meisten jedenfalls, haben gesagt, dass sie eine Verrückte sei. Und dass man die Toten endlich ruhen lassen solle. Ja, wo ruhten sie denn? Auch diese Frage war mehr an die Fragende gerichtet, als dass Irina eine Antwort von der Frau neben ihr erwartet hätte.

2000/2001 - 239 U FRIEDRICH ÜBEL 27.01.1911 +07.12.1942 CURT PAUL UHLEMANN 26.07.1910 +19.08.1942 ALFRED UHLICH 27.10.1919 +13.09.1942 KONRAD ULBRICH 21.04.1922 +23.08.1942 WERNER FRIEDRICH ULBRICHT 16.02.1922 +25.11.1942 ALFRED ULLMANN 20.09.1922 +11.09.1942 WILLI KARL ULLMERICH 28.02.1914 +03.12.1942 HERMANN ULLRICH 04.03.1913 +25.08.1942 PAUL ULLRICH 28.08.1922 +19.08.1942 LEOPOLD ULREICH 09.06.1912 +21.08.1942 KURT FRIEDRICH ULRICH 13.10.1917 +22.08.1942 PAUL RUDOLF FRANZ ULRICH 20.03.1911 +20.08.1942 WALTER GEORG ULRICH 24.04.1923 +10.10.1942 ERICH UNGER 05.03.1916 +29.04.1943 HENRY WOLFGANG UNGER 18.03.1923 +02.12.1942 KARL UNGER 06.11.1917 +20.08.1942 LEONHARD UNGER 28.05.1923 +20.08.1942 FRANZ UNGERMANN 05.10.1913 +21.09.1942 FRANZ UNSINGER 03.12.1908 +28.08.1942 FRIEDRICH UNZE 21.08.1905 +06.10.1942 PAUL UPLEGER 26.07.1915 +07.08.1942 JAKOB URBAN 29.10.1916 +27.08.1942 KURT URBAN 14.08.1921 +27.10.1942 GEORG URBANIETZ 03.09.1911 +15.08.1942 MARTIN URZ 12.09.1919 +21.08.1942 JAKOB FRANZ USINGER 20.12.1914 +08.11.1942 JOHANN UTECHT 08.12.1914 +30.11.1942 HANS UTHES 04.11.1921 +07.08.1942 FRIEDRICH UTZ 11.12.1912 +04.08.1942

V RICHARD VÄTH 13.09.1910 +03.08.1942 KARL VAIHINGER 08.11.1921 +07.08.1942 JAROMIR VAJDA 20.09.1922 +27.09.1942 KURT VALENTIN 22.12.1919 +06.12.1942 MARTIN VEHRING 23.03.1922 +10.10.1942 KARL VEIGEL 14.02.1921 +23.08.1942 GUSTAV VEIT 18.09.1907 KARL VEITZ 12.02.1907 +23.09.1942 EWALD FRANZ VERCH 04.05.1922 +02.08.1942 HEINRICH VERHÖVEN 23.04.1915 +02.09.1942 ERWIN VESPER 23.03.1910 +25.08.1942 ALOYSIUS VETTER 12.12.1912 +02.11.1942 CORNELIUS VETTER 06.02.1914 +10.08.1942 KURT VIEHRIG 23.03.1923 +21.08.1942 MAX VIERTEL 15.04.1908 +14.02.1943 OTTO GEORG VIERZIGMANN 21.05.1915 +27.09.1942 ARNOLD VIETEN 15.09.1914 +08.08.1942 HANS VIETH 24.04.1922 +06.09.1942 JOHANNES OSKAR VIEWEG 28.04.1914 +19.08.1942 EMIL VINCENZ 09.05.1908 +18.09.1942 HERBERT VIOL 22.04.1908 +08.08.1942 JAROSLAV VITOCH 25.06.1913 +23.08.1942 GEORG VLCEK 09.10.1922 +06.10.1942 JOSEF VÖGTLE 14.11.1919 +21.08.1942 **ROBERT LUDWIG VÖLKEL 10.09.1916 +07.12.1942** FRANZ JOSEF VÖLKER 01.09.1908 +01.10.1942 HERBERT GUSTAV VÖLKER 11.03.1923 +26.08.1942 HELMUT VÖLKNER 23.11.1911 +28.09.1942 HANS JULIUS HERMANN VÖLTER 17.11.1911 +26.10.1945 WILHELM VÖRDING 15.09.1923 +23.08.1942 ANTON VÖST 09.10.1910 +03.10.1942 ERICH VOGEL 01.03.1910 +26.08.1942 ERICH OTTO VOGEL 06.06.1914 +23.08.1942 JOHANN VOGEL 01.09.1910

Über 56000 gefallene deutsche Soldaten haben auf dem Friedhof bei Mal Rossoschka in der Nähe von Wolgograd ihre letzte Ruhestätte gefunden. Auf großen Granitwürfeln sind die identifizierten Namen eingemeiselt. Jährlich kommen dank intensiver Nachforschungen des Volksbundes Deutsche Kriegsgräberfürsorge e.V. neue Namen hinzu. An die Vermissten erinnern 17 große Granitwürfel mit mehr als 100.000 Namen.

In unmittelbarer Nähe des deutschen Soldatenfriedhofes bei Wolgograd befindet sich, nur durch eine einfache Straße getrennt, der 1997 eingerichtete Friedhof für die gefallenen Sowjetsoldaten.

DEUTSCHER
SOLDATENFRIEDHOF
ROSSOSCHKA
РОССОШКА

6. JANUAR 1943

Meine lieber, guter Robert!

Noch immer keine Post von Dir! Also heißt es wieder warten. Ich bin jetzt auch gar nicht mehr so sehr aufgeregt, denn man hört es allgemein, daß Soldaten aus Deiner Gegend sich alle in Stillschweigen hüllen und etwas besonderes drüben los ist. Und wenn sich die Lage gebessert hat, wird es auch wieder mit der Post klappen. Es heißt, der Sieg ist nur noch eine Frage der Zeit, aber er wird kommen.

Ich glaube auch nicht, daß Dir irgendetwas zugestoßen ist. Dann hätte ich ja längst Nachricht von Deinem Kompaniechef oder den Behörden. Leider weiß ich keine Adresse eines Kameraden von Dir, dem ich schreiben oder von dessen Angehörigen ich etwas in Erfahrung bringen könnte.

Liebster Papa, ich betrachte mir eben den Tannenbaum, den ich gern noch stehen lassen will, bis Du kommst. Aber die Nadeln fallen schon aus. Wenn Du nicht bald kommst, steht hier wirklich nur noch ein Besenstiel in der Halterung.

„Es wurde ihre Lebensaufgabe. Großmutter hatte nur noch den einen Wunsch: Dass die Gefallenen wenigstens so anständig beigesetzt würden wie die deutschen Soldaten. Aber es war ein einsamer, oft verzweifelter Kampf. Häufig bekam sie zu hören, woher sie denn wissen wolle, ob der irgendwo in einem Steppengrab gefundene Tote nicht einer jener Verräter gewesen ist, die für die Deutschen als Kollaborateure gedient haben. Rächt man sich an

Gestern hat mich Frau Meschner besucht. Ob ich schon Post von Dir hätte. Sie zeigte mir den Brief ihres Mannes. Danach kann ich mir ungefähr denken, weshalb die Post so lange ausbleibt.

Die Wehrmachtsberichte melden immer wieder: Schwere Kämpfe im Raum Stalingrad. Dazu werden euch Schnee und Kälte viel zu schaffen machen. Hoffentlich hast Du genug warme Sachen.

Ach, mein Liebster, das Herz tut mir oft vor lauter Sehnsucht weh. Und die Kinder fragen stets nach Dir. Ich weiß schon gar nicht mehr, was ich ihnen erzählen soll. Dein letzter Brief stammt vom 20. September vorigen Jahres! Ich kann ihn auswendig, so oft habe ich ihn gelesen.

Lieber Papa, unser Kleiner liegt in seinem Stubenwagen und spielt mit seinen Fingerchen. Dabei lacht er und brabbelt vor sich hin. Bald werden die ersten Zähnchen kommen. Ja, so groß ist Dein Jüngster schon, und Du hast ihn noch nicht einmal gesehen.

Mein lieber Robert, heute ist bereits der 14. Januar. Sei mir nicht böse, wenn ich gestern einfach aufgehört habe mit schreiben, aber es überkam mich wieder mal so eine verzweifelte Stimmung, da konnte ich einfach nicht mehr schreiben. […] *Ich warte nur und warte und warte auf ein Lebenszeichen von Dir. Vielleicht kommt morgen Post. Es ist spät geworden. Ich will noch einmal nach den Kindern sehen, die friedlich schlafen. Dann gehe auch ich ins Bett. Hoffentlich kann ich einschlafen.* […]

Ich grüße und küsse Dich tausend Mal.
Deine Li und Deine Kinder

Toten? Der Widerstand der sowjetischen Behörden hat Babuschka nicht brechen können. Immerhin hatte sie das Glück, noch erleben zu dürfen, dass in unmittelbarer Nähe zum deutschen Soldatenfriedhof, auch mit deutschem Geld, eine letzte Ruhestätte für die gefallenen Russen eingerichtet wurde. Perestroika, Sie verstehen", sagt Irina. „Es war ihr letzter, ihr einziger Wunsch, dass sie am Rande des kleinen Friedhofs einen bescheidenen Fleck für ihr eigenes Grab bekommt. Das ist geschehen."

Li hatte die ganze Zeit nur zugehört. Sie spürte, dass die junge Frau einfach nur erzählen wollte, was ihr auf der Seele brannte. Sie war dankbar für dieses Vertrauen und legte wortlos ihre linke Hand auf Irinas Schulter.

„Ich glaube", sagt Irina mit einem warmen Lächeln im Gesicht, „dass sie am Ende ihres Lebens glücklich war. Die einstigen Feinde ruhen nun in unmittelbarer Nähe zueinander. Es ist Frieden. Wenigstens hier. Die gleiche Steppenerde deckt die Gräber der Gefallenen beider Seiten."

XVII

Jetzt sind sie angekommen. Irina sagt: „Wir treffen uns wieder hier. In einer Stunde?"

Li nickt.

Irina stellt ihr kleines Auto auf dem Parkplatz ab. „Man kann dort vorn Blumen kaufen. Und – entschuldigen Sie bitte, ich hätte das von meiner Großmutter vielleicht gar nicht erzählen sollen."

„Doch", sagt Li. Der Reiseleiter, denkt sie, wird der Gruppe morgen etwas über die schöne Wolgalandschaft erzählen. Aber sie wird nicht dabei sein. „Eine Stunde", sagt sie. Und: „Danke, Irina."

Sie kauft zwei langstielige Rosen. „Nehmen Sie eine für Ihre Großmutter mit."

Irina umarmt sie und gibt ihr einen Kuss auf die Wange. Dann geht sie auf die andere Seite. Es sind keine zweihundert Meter bis zum russischen Soldatenfriedhof.

Li blickt ihr noch einen Moment hinterher. Dann nimmt sie all ihre Kraft zusammen, dreht sich um und betritt den deutschen Friedhof von Mal Rossoschka. Sie wird Roberts Namen finden. Sie wird Abschied nehmen können. Gott wird Dir Kraft geben und Dich beschützen, war der letzte Satz ihres letzten Briefes. Die offizielle Todesnachricht hat sie am 17. Juni 1943 erhalten, da war Robert schon über ein halbes Jahr lang tot.

Sie hatte Briefe an einen Toten geschrieben, dem sie jetzt, mehr als ein halbes Jahrhundert später, eine Rose aufs Grab legen kann. Und Irina geht zu ihrer Großmutter, die dort liegt, wo auch die anderen endlich Ruhe gefunden haben.

XVIII

Es ist ein seltsames Licht, das sie umflirrt. Es ist ein fremder Geruch in diesem fremden Zimmer. Li weiß nicht, ob sie nur träumt – oder was ist geschehen? Ihre Hände greifen in etwas Wattiges, Weiches. Komisch ist, dass sie die Augen nicht öffnen kann. Aber es ist ihr leicht ums Herz.

Der Arzt fragt: „Sie haben sie gefunden?"

„Ja", antwortet Irina. „Ich habe auf sie gewartet. Und als sie nicht kam zur verabredeten Zeit, bin ich sie suchen gegangen. Ich wusste ja, wo sie sein musste."

„Sie kennen die Frau?"

„Sie sieht meiner Großmutter ähnlich. Wird sie …?"

Der Arzt legt ihr die Hand beruhigend auf die Schulter. „Sie müssen sich keine Sorgen machen. Ein Schwächeanfall, das kommt vor in ihrem Alter. Zwei, drei Tage, dann können Sie sie wieder abholen. Sie ist eine starke Frau."

Er tritt ans Bett seiner Patientin. „Sie schläft ganz ruhig."

Li kann die Augen nicht öffnen. Aber sie hört die Stimme, undeutlich zwar, aber sie hört sie.

„Ich wusste, dass du wiederkommst", flüstert sie. „Jetzt wird alles gut."

schöne kindheit gewesen

Gedichtzyklus

I

gegenüber das haus die wand ziegelrot
ich ging manchmal hinüber der mann
freundlich stumm strich mir übers haar
ängstlich lächelte er ging wieder
heiser sprach er
seltsame kleidung zu kurz die hose
die jacke zu weit die schuhe schwer
grau das gesicht die lippen schmal
ängstlich
ich auch kind haben weit sehr weit

flüche laut
fliehen
die wand
plötzlich
so rot
ziegel
rot

II

der staub der kalte
staub ich spüre ihn immer noch
schreit eine sirene
in der früh viel zu früh
halb im schlaf schnell kinder schnell
fliegeralarm
der führer gott
beschützt euch

ach aber das haus der staub
der kalte staub im keller
auf meinen lippen
immer noch
wenn eine Sirene schreit

III

schlaft kinder schlaft morgen
kommt vater bestimmt
warum weinst du mama
ich weine doch nicht er kommt
ganz bestimmt morgen oder übermorgen
oder morgen
oder morgen
oder morgen
fast ein jahr morgen und dann
gab es keinen tag mehr alle tränen
waren schon geweint

IV

es war sehr schön der krieg
so fern was weiß ein kind
pommerland ist abgebrannt
schlaf kindlein
die mutter saß am bett und sang
mein herz ist rein soll niemand
drin wohnen als papa allein
papa
allein
wo
maikäfer flieg

V

die treppe viel zu steil das kind
schlug auf die lippen sprangen
zähne
schmerz und trost die tante
schnitt das brot in kleine stücke
der vogel schluckte – hach der onkel lachte
zahnlos jetzt siehst du aus wie ich

sie hatten ihm
für einen halben satz die zähne
ausgeschlagen

VI

diese leute werden die leute sagen
später
haben wir nie gesehen die hätten wir doch
sehen müssen diese leeren gesichter diesen
schleppenden gang diese fratzen der treiber
nein
nie gesehen

das kind am fenster weint und wird
die lügen der erwachsenen vergessen
nie

VII

sonntags immer
wenn nicht die sirenen heulten
kam die tante
mit ihrem hund dem großen schwarzen
der mich abschleckte und den ich
liebte heimlich besorgte ich
hartes brot aus der küche er fraß wahrscheinlich
aus dankbarkeit oder liebe

eines sonntags blieben sie fern
nach dem fliegeralarm
nie wieder
kam die tante mit dem hund
ich verstand's nicht und war
böse auf die tante

VIII

die stadt war so hell
und so heiß und so
viele leute die es eilig hatten
und mama war lieb und großvater lieb und
der kleine bruder saß auf dem wagen worum
ich ihn beneidete
und die mutter sagte du bist doch schon groß
aber ich war erst vier geworden
und die stadt war so hell und so heiß
und der fliegeralarm vorüber
und die stadt war so hell und so heiß
vom feuer
da habe ich gar nicht gefroren

kinderland war abgebrannt

IX

großvater
als ich ein kind war der
immer gelacht hat wenn der enkel kam
und der groß und stark war und manchmal
hat die mutter gesagt was
erzählst du dem jungen da vater und er
der versteht mich schon lachte
und dann
saß er
am fremden feldrand
bitter
schwach
hilflos
schickte den enkel weg und
starb
vor gram
alles verloren

X

beim bauern bei dem wir
unterschlupf gefunden hatten
die katze
hinter der treppe die schale mit milch ach
wie ich sie beneidete heimlich als sie
fort war nahm ich die schale trank
hastig vor furcht den rest kaum genießend da
kam der bauer schon
rotzlöffel verdammter
floh ich vor seinem zorn
jetzt schmeckte die milch
bitter

XI

esst kinder esst ich
hab keinen hunger
dabei hatte sie nur eine schnitte gegessen
und ich dachte wenn ich groß bin
esse ich drei schnitten graubrot
etwas zucker darauf und
wenige tropfen wasser damit
der zucker nicht rieselt

wieso ist mutter schon satt

XII

war das aufregend
krieg gegen die bande vom anderen viertel
etwas karbid in die flasche wasser dazu
schnell verschließen und werfen
das krachte gewaltig die splitter flogen
den hats erwischt – beinahe
die nächste flasche gefüllt
die großen hatten karbid geklaut
wir kleinen die äpfel eiserne ration im krieg
gegen die feinde aus dem anderen viertel
einer von denen hatte eine pistole
schoss

jetzt war kein krieg mehr
das grab ist längst überwuchert
der geruch von karbid ekelt mich

XIII

leise rieselt der schnee
die säge nicht zu sehen unter mutters mantel
ohne schulterstücke und abzeichen
halbwegs umgefärbt
ihr müsst leise sein der förster
wir wollen doch dem weihnachtsmann
eine freude machen kinder

leise rieselt der schnee
in dem unsre spuren blieben und
als mutter die säge ansetzte
an ein kleines bäumchen
kam der förster groß
wie der böse riese aus dem märchen
mutter weinte flehte die kinder
es ist doch weihnachten
da blickte er uns an und sagte
frau ich habe nichts gesehen

leise rieselt der schnee auf die spur
des riesen

XIV

schwarzes bakelitradio finsterer zeiten
aus dem neue verkünder krächzten
es klang verheißungsvoll
lags an dem schwarzen kasten
dass manche zweifelten obwohl
sie doch gar zu gerne geglaubt hätten
aber es nicht mehr konnten

XV

mächtige haufen einstiger häuser
die frauen haare hochgesteckt entwarnungsfrisur
kopftücher verknotete turbane
staub alten mörtels im gesicht
die hände grob zerrissen trotz klobiger handschuhe
wenn mutter über meine wange streichelte
das kratzte
ich hab es geliebt

die ziegelstapel wuchsen
metall wird gesondert gelagert auch holz
karger lohn aber für brot
reichte es für butter nicht mehr
seltsam
manchmal wurde sogar gelacht

da schreit eine
aufhören
ein toter fuß
unter schwerem schutt
trümmerfrauen
wann
ist der krieg wirklich aus

XVI

drei jahre nach dem krieg
kam ein mann zu uns
fremder geruch seltsamer mantel
sah mich nicht an
das gesicht wässrig aufgedunsen
die hand auf meinem kopf
ich bin dein onkel
ist deine mutter da
nein
trat dennoch ein setzte sich
so lebt ihr also
sagte noch einmal ich bin dein onkel
weißt schon der russe
lachte hilflos
na denn wenn sie kommt sag ihr ich war da
der russe
ging

kam nicht wieder
ich habe ihr nichts erzählt
angst vor dem mann
dem russen

XVII

wenn ihr die nesseln zupft
zieht handschuhe an das brennt aber
die suppe wird euch schmecken
sie schmeckte
nicht

neulich ein halbes jahrhundert später
las ich auf einer goldumrandeten speisekarte
die spezialität des hauses
brennnesselsuppe
sehr teuer sie schmeckte
nicht aber
die erinnerung an mutters stimme
zieht handschuhe an
machte das herz warm

XVIII

als ich die briefe las
die meines vaters aus dem feld und die
meiner mutter an den längst gefallenen
seine berichte von der front siegreich aber
keine antwort mehr seit wochen monaten
wo bist du
wie geht es dir
wann kommst du
die kinder warten
ich warte
warte
warte

das amtliche schreiben
ein halbes jahr später sie könne
stolz sein eisernes kreuz nachträglich

sie muss geschrien haben falls
ihr die kraft geblieben war

ich später
keine zwölf jahre alt
las die briefe heimlich
das ende meiner kindheit

XIX

seltsam die erinnerung an die
brennenden bilder die not
das unbegreifliche und doch
die erinnerung an eine schöne kindheit
das ist die liebe meiner mutter
die nicht vergessen macht was war
die sagt

nie
wieder
krieg

schöne kindheit
die liebe
der mütter

XX

in alten briefen gelesen
vergilbte bilder betrachtet
die enkelin
hat so viele fragen und ich
so wenige antworten

da lacht sie läuft hinaus trällert
ein lied
ist abgebrannt
weiß nicht
was sie singt

glückliche kindheit

Ulrich Völkel

… wurde 1940 in Plauen (Vogtland) geboren. Sein Vater ist im Dezember 1942 vor Stalingrad gefallen. Seine Tante starb im Bombenhagel in den letzten Tagen des Krieges, als Plauen zum größten Teil zerstört wurde. Seine Mutter konnte sich und ihre drei Kinder retten. Das Haus, in dem sie gewohnt hatten, brannte aus. Nur die Briefe ihres Mannes und die ihren, die als unzustellbar zurückgekommen waren, sowie einige private Fotos hatte sie bei sich. Sie und die Kinder fanden mit dem Großvater Unterschlupf bei Verwandten in einem nahegelegenen Dorf, später bei einem Bauern.

Die in diesem Buch enthaltene Novelle und das Gedicht haben deutlich biografische Bezüge. Die Bilder der Kindheit haben sich tief in Völkels Gedächtnis eingegraben. Sie waren und sind bestimmend für sein Leben und sein literarisches Schaffen.

Seine Mutter wurde 1913 geboren. Sie hat ein Jahrhundert deutscher Geschichte miterlebt und durchlitten – vom Kaiserreich über den Ersten Weltkrieg, die Weimarer Republik, die Nazizeit mit dem Zweiten Weltkrieg, die Nachkriegsjahre, die DDR und schließlich das wiedervereinigte Deutschland. Sie wurde fast 99 Jahre alt. Das war kein leichtes Leben. Dennoch: Ihre herausragendste Charaktereigenschaft ist Güte gewesen und ein Leben voller Liebe für ihre Kinder.

WWW.ECKHAUS-VERLAG.DE

Ohne Lesen? Keine drei Tage!

Er hat sich in seinem ganzen Leben nicht nach vorn gedrängelt, um allen, die es hören und sehen und lesen wollten (oder auch nicht) seinen Seelenzustand zu offerieren. Wenn er befragt wurde, redete er lieber von seinen Büchern und Filmen. Nun endlich erfahren wir mehr über ihn und von ihm.

Wolfgang Held, der Autor des international erfolgreichen Films und des danach entstandenen Romans „Einer trage des anderen Last" erzählt aus seinem Leben, über Freunde und Kollegen, von seinen Reisen, und er zitiert Passagen aus seinen Tagebüchern. „Ich erinnere mich" ist eine beeindruckende Schilderung seines reichen literarischen Schaffens ebenso wie das überzeugende Bekenntnis seines politischen Lebens.

WOLFGANG HELD
Ich erinnere mich
Eckhaus Verlag Weimar
204 Seiten, Festeinband
ISBN 978-3-945294-00-0
Preis: 19,95 Euro (D)

ECKHAUS VERLAG

30 Jahre Bespitzelung

So bilanziert Bodo Ramelow selbst die ihn betreffenden Aktivitäten sammelwütiger Geheimdienste. In einer Demokratie? Ja, über den Politiker der Linkspartei war über Jahre hinweg vom Inlandsgeheimdienst „Verfassungsschutz" eine sogenannte „Personenakte" geführt worden. Sie wurde weiter angefüttert mit auf undurchsichtigen Wegen zusammengetragenem Material auch zu einer Zeit, als er Oppositionsführer im Thüringer Landtag bzw. Abgeordneter des Deutschen Bundestages war.

Bodo Ramelow hat sich dagegen gewehrt, politisch und juristisch. Um sich von der besonderen „Fürsorge" der Dienste zu befreien, brauchte es fünfzehn Verfahren in einem zehn Jahre andauernden Rechtsstreit, der ihn bis vor das Bundesverfassungsgericht führte. Davon handelt dieses Buch.

STEFAN WOGAWA
Ein gewisser Herr Ramelow
Der Akte zweiter Teil
Eckhaus Verlag Weimar
144 Seiten, Paperback
ISBN 978-3-945294-03-1
Preis: 12,80 Euro (D)

Soldat in zwei Weltkriegen

Der Steiger Paul Henoch, geboren 1894 in Koßwigk im Kreis Kahlau, gestorben 1977 im thüringischen Altenburg, hat – auch, um die schweren Schicksalsschläge zu verarbeiten – sein Leben aufgeschrieben. Er verfolgte damit keine literarischen Absichten, dachte nicht einmal an eine Veröffentlichung. Er wollte seinen zwei von sechs Kindern verbliebenen Töchtern erzählen, wie das war: die schwere Kindheit in der Lausitz, die Entscheidung zum Beruf eines Bergmannes, die schrecklichen Erlebnisse zweier Weltkriege, das Glück und die Tragik in der Familie … Paul Henochs Aufzeichnungen, durch viele Bilder und Dokumente angereichert, erzählen eine fast alltägliche und dennoch einzigartige Lebensgeschichte. Er gibt einen sehr persönlichen Eindruck in ein vergangenes Jahrhundert, in dem die Wurzeln heutiger Geschichte gewachsen sind.

1. Auflage 2014

Rogge GmbH
Buttelstedter Straße 25, 99427 Weimar
Inhaberin: Jana Rogge
Telefon: (0 36 43) 4 57 93 90
Fax: (0 36 43) 4 57 93 99
E-Mail: post@eckhaus-verlag.de
www.eckhaus-verlag.de

Satz und Layout
Uwe Adler
Lektorat
Katja Völkel
Fotos
Ulrich Völkel privat, Matthias Eckert,
© Heartland Arts (fotolia.com),
Volksbund Deutsche Kriegsgräberfürsorge e.V. (Fotos: Uwe Zucchi, 2012),
© andreiuc88 (fotolia.com)
Einbandgestaltung
Uwe Adler
Reihengestaltung
Uwe Adler
Gesamtherstellung
Buch- und Kunstdruckerei Keßler, Weimar
ISBN
978-3-945294-04-8